AF139581

1

Prolog

Wilder Sex hatte ihm in früheren Jahren besser geschmeckt. Als er aus dem Restaurant trat, in dem er soeben nach langwieriger Anmache die junge, blonde Kellnerin mit Tiger Tattoo auf dem Rücken verführt hatte, klatschte ihm kalter Regen ins Gesicht. Jaqueline war der Höhepunkt der letzten Monate. Ihre prallen Brüste wippten in einem knallroten BH über ihm auf und ab. Ihren braun gebrannten Hintern hatte sie ihm in ihrem kurzen schwarzen Rock entgegen gestreckt. Er schüttelte den Kopf, um das Bild aus seinen Gedanken zu bekommen. Schwer atmend hechtete Steffen in einen Blumenladen und kaufte einen großen Strauß mit pinken Rosen für sie. Letzten Endes hatte sein schlechtes Gewissen gesiegt. Er hatte das makellose Gesicht seiner Ehefrau, Marlen vor den Augen. Auch wenn seine Frau sexuell eingeschlafen war, liebte er sie und lebte bereits 16 Jahre mit ihr zusammen. Seitdem ihre beiden Kinder auf der Welt waren, hatte Steffens Ehefrau sich verändert. Sie war wie Dornröschen: Wunderschön anzusehen, aber eingeschlafen. Die ersten Jahre hatte er versucht, es zu verstehen, aber auch er hatte Bedürfnisse. Diese befriedigte er seit geraumer Zeit immer wieder bei anderen Frauen, ob nun Prostituierte oder junge, willige Frauen wie Jaqueline. Er brauchte Sex, schließlich war er ein Mann mit Druck in jeglicher Hinsicht und musste sich beweisen. Die Angst vor dem Altern war zu groß, dafür war er noch zu gut in Form.

In diesem Moment war jedoch die Angst vor der Reaktion seiner Frau größer. Er wollte ihr beichten, dass er sich eine junge Kellnerin für seine Bedürfnisse genommen hatte. Aber wie würde Marlen reagieren? Mit einem überdimensionalen Blumenstrauß lief er zum Taxi und atmete tief durch, während der Fahrt nach Hause. Panik schlich seine Kehle hinauf. Kurz telefonierte er mit seiner jungen Sekretärin, die bereits öfter in den Genuss seines ansehnlichen Gemächtes gekommen war, und sagte alle Termine für den heutigen Tag ab. Das schlechte Gewissen pochte in seinem Kopf. Vermutlich sollte er sich nach einer neuen Sekretärin umsehen und hoffen, dass es das junge Ding nicht ebenso sehr aus der

Fassung brächte wie Jaqueline.

Er würde Marlen ausführen und sich gut um sie kümmern. So, wie es ein gutes Ehepaar nun mal tat. Er war der Ehemann und musste sich um seine Frau kümmern. Sein gewissen fragte sich, ob er aus den Ruinen seiner Beziehung etwas Neues aufbauen könnte, doch diese Gedanken schüttelte er von sich. Er schluckte die Angst hinunter, die seine Kehle immer mehr zu schnürte.

Nach 20 Minuten Fahrt stand das Auto vor seinem wohlverdienten Einfamilienhaus. Er gab dem Fahrer ein beachtliches Trinkgeld und wuchtete sich mit dem großen Blumenstrauß aus dem Auto. Mit zittriger Hand stand er vor seiner Haustür, versuchte verzweifelt den Schlüssel in das Schloss zu stecken, aber die verschmitzt lächelnde Jaqueline räkelte sich in ihrer roten Spitzenunterwäsche in seinen Gedanken. Sie hatte ihm Energie und Ansporn gegeben, wenn auch nur kurz. Steffen wünschte sich sein früheres Leben zurück, indem Marlen und er sich ohne Worte verstanden, kleine

Berührungen die Sehnsüchte des Alltages überbrückten und sie ihm so oft ihr schönstes Lächeln schenkte. Ein Lächeln, das nur für ihn bestimmt war und sie niemand anderem zuwarf. Dieses verführerische Lächeln, das Jaqueline immer aufgesetzt hatte, sobald er in das Restaurant eingetreten war. Verschmitzt, geheimnisvoll und verliebt. Wütend schüttelte er die angenehme Gänsehaut von seinem Rücken und drehte den Schlüssel im Schloss. Schweißtropfen perlten an seinen Schläfen herunter.

Eine verschwörerische Ruhe lag im Haus. Verwundert legte Steffen seinen Mantel in der Küche ab, sah sich vorsichtig um und streifte durch das Erdgeschoss. Der Anrufbeantworter des Telefons blinkte rot. Er drückte den Wiedergabeknopf. *„Hey, Onkel Steffen. Ich bin es, Miriam. Ich wollte euch nur mitteilen, dass ich jetzt auf dem Weg nach Berlin bin und mir schnell eine Wohnung suchen werde. Ihr glaubt gar nicht, wie froh ich bin, endlich hier ausbrechen zu können und wie ihr in der freien Wildnis der Großstadt zu leben. Ich hoffe, wir sehen uns bald. Ich melde mich wieder. Tschüss.“*

Ertönte die piepsende Stimme seiner 18-jährigen Nichte Miriam aus dem Anrufbeantworter. Er schüttelte unglücklich den Kopf und seufzte. Er würde später bei ihr anrufen. Seine Nichte Miriam war junge 18 Jahre alt, unverbraucht und naiv. Bereits eine Woche nach ihrer Geburt, als er Miriam das erste Mal sah, hatte er gehofft, sie müsste nie erwachsen werden. Stumm flehte er, dass sie nie solche Schwierigkeiten haben würde, wie er in diesem Moment. Das schlechte Gewissen kroch seine Kehle hinauf, aber er schluckte sie hinunter und schüttelte den Kopf.

Plötzlich vernahm er Geräusche aus der oberen Etage und schlich sich erneut durch den Flur. Die Innenausstattung seines Hauses hatte er sich einiges kosten lassen: Marmorboden, in die Wände eingelassene Deckenfluter: Spiegel, die die gesamte Wand im Flur bedeckten, Möbel mit rotem Saum und Gardinen mit goldenen Kordeln verziert. Die Küche war vollgestopft mit den neuesten Küchenmaschinen, die die Arbeit zum größten Teil selbst übernahmen und dennoch selten zum Einsatz kamen. Bedacht schlich er die Marmortreppe auf

Zehenspitzen nach oben und näherte sich den undefinierbaren Geräuschen. War es ein leises Klopfen? Marlen ließ wohl erneut Bilder aufhängen. Da sie nichts von halben Sachen hielt, beobachtete sie stets Handwerker bei ihrer Arbeit, die sie nach Hause bestellte, in der gesamten bezahlten Zeit.

Wenn er es sich so recht überlegte, hatte er zwar über all die Jahre dieses Gebäude abbezahlt und es sein eigenes Heim genannt, doch war es ihm für diesen Moment völlig fremd. Der Marmor war kalt, die Spiegel zeigten ein verzerrtes Gesicht voller Schuld, seine kaltschweißigen Hände hinterließen Abdrücke, die die Spiegelbilder verschleiern sollten. Wie ein Mörder, der zu seinem Henker schritt, stapfte er durch den Flur auf das Schlafzimmer am anderen Ende. Sein Entschluss hatte seine Angst vor den nächsten Wochen und Monaten nicht gemindert. Nicht, dass er Marlen etwas von seiner Flirterei erzählen wollte, dennoch kroch eine Art Liebeskummer in sein Herz. Die eines Teenagers, der seine Freiheit aufgab und hinter einer Trennung das Ende seines Lebens vermutete. Jaqueline hatte er von sich gewiesen, aber gegen seine Gedanken konnte er sich nicht wehren. Sie würde nicht aus seinem Kopf verschwinden und die Gefühle, die Lust mit sich nehmen. Frauen machten es ihm nicht einfach, dafür suchte er sich stets diejenigen mit einem starken Charakter aus. Aber es war die Herausforderung, die ihn reizte. Marlen würde etwas ahnen, wenn er in wenigen Augenblicken mit diesem lächerlich großen Rosenstrauß vor ihr stand. Wenn sie nicht bereits seit einiger Zeit ihre eigenen Vermutungen zu seinen vergangenen Stimmungsschwankungen entwickelt hatte.

Das permanente und penetrante Klopfen wurde lauter. Kopfschüttelnd und mit einem herrlichen Lächeln, das er mit viel Nachdruck zu halten versuchte, stieß er die Schlafzimmertür auf und stand mit ausgebreiteten Armen in der Tür. Und erstarrte. Sekunden verstrichen, die zu Minuten wurden. Minuten, die zu für Steffen zu einer Ewigkeit wurden und das Geschehen vor ihm in sein Gedächtnis einbrannten.

Der halbnackte, junge Mann, der in Steffens Ehebett

unter Marlen lag, entdeckte ihn zuerst und stieß die blonde Frau über sich weg. Er war sicherlich zehn Jahre jünger als Steffen, muskulös, am gesamten Oberkörper tätowiert und trug eine schwarze Tolle, wie sie sie nur in den 50er-Jahre-Filmen aus Amerika trugen. Unter der engen, schwarzen Hose ließ sich dank des geöffneten Reißverschlusses einiges mehr als nur Muskeln erkennen. Mehr genervt als panisch sah er zu seiner Liebelei hinüber, die mit weit geöffnetem Mund über ihm hockte, in schwarzer Korsage, schwarzen Lederstiefeln und einer kleinen Peitsche in der Hand. Steffen hatte diese Unterwäsche nie an seiner Frau gesehen, geschweige denn in ihren Kleiderschränken. Ihren Vorlieben zum Trotz, war sie stark geschminkt und sah mit ihren von der Erregung geröteten Wangen unglaublich heiß aus. Steffen schluckte, traute sich aber genauso wenig wie die anderen, etwas zu sagen. Ein falscher Atemzug und die Zeit musste weiterlaufen, sie alle aus der momentanen Zwischenwelt reißen und er müsste glauben, was er in diesem Moment sah. Zum ersten Mal in seinem Leben betete Steffen zu Gott. Er solle die Zeit für ewig stehen lassen; vielleicht irgendwann zurückdrehen zu einer Zeit, in der er sich mit Marlen jung, dynamisch und frisch verliebt gefühlt hatte.

Marlen richtete sich auf. „Steffen, ich kann dir das erklären...", begann seine Ehefrau und warf ihr blondes Haar energisch zurück. Sie war so wunderschön. „Nein!", brüllte Steffen und feuerte mit dem Strauß Rosen eine Vase aus Glas von seinem Nachttisch. Er hörte das schrille zerbersten des Glases nicht. „Ich will nichts hören! Wie kannst du mir das antun? Wieso lässt du die Zeit weiterlaufen? Wie konnten wir aufhören zu reden, Marlen? Wann hörten wir auf verliebt zu sein?" Er wehrte sich, jedoch rannen die Tränen vor Wut über sein Gesicht. „Du willst mir erzählen, dass du keine kleine Affäre hast? Ich habe euch vor kurzem ertappt, in diesem Öko-Restaurant, indem du neuerdings so gerne zu Mittag isst. Salat war ja schon immer dein Leibgericht! Ich habe sie gesehen, Steffen! Diese jüngere Version von mir. Oder willst du mit diesem beschämend großen Blumenstrauß in deiner Hand alles leugnen? Wir sind also quitt, oder nicht?" zischte Marlen. Jedes ihrer Worte war Gift, das sich durch seine Adern in sein Herz hinein pumpte. „Das hier ist also die Rache?" presste er fassungslos aus seinen Lungen. Auf einmal wurde die attraktive Frau mittleren Alters ein ganzes Stück kleiner, sah zu ihrem Liebhaber, löste ihn von den Handschellen, mit denen er auf der linken Seite an das Bett gefesselt war und verwies ihn mit einer stummen Geste nach draußen, während sie reumütig den Kopf schüttelte. „Du solltest gehen, Maik. Und nie wieder kommen." verabschiedete sie sich leise. Der Mann, Anfang 30, sammelte sein weißes Shirt und seine Schuhe vom Boden auf, schloss seinen Reißverschluss und schlängelte sich stumm an Steffen vorbei. Seufzend setzte Marlen sich auf die Bettkante und vergrub ihr Gesicht in ihren Händen. „Nein, das war keine Rache. Das mit Maik läuft schon seit einiger Zeit. Seit du an diesem Projekt arbeitest und ich in diesem riesigen Haus verrotte." jammerte sie. Steffen verstand, was sie sagte, aber es ließ ihn kalt. Wortlos ließ er den zerpflückten Blumenstrauß auf den Boden fallen, drehte sich um und verließ das ihm fremde Haus.

Oh mein Gott

Diese Stadt war genau das, was sie sich erhofft hatte:
Lebhaft und befreiend. Berlin. Sie spürte ihre Energie,
war hypnotisiert von ihrer Verführung an jeder
Straßenecke. Was auch immer Miriam entschied, sie
würde nie wieder einen Fuß aus dieser Stadt heraus
setzen. Vor einigen Minuten hatte sie ihre neue Wohnung
und ihre Wohnkameradin kennen gelernt. Es wurde
immer besser. Vor ihr stand eine gut aussehende
Blondine mit unzähligen Tattoos unter ihrem weiten Shirt
und den Hotpants. Miriam war überwältig von ihre
Begrüßungslächeln und verschüchtert. Neben Jaqueline
fühlte sie sich wie eine graue Maus, obwohl sie dieses
Bild von sich doch so dringend ablegen wollte. Aus
diesem Grund war ihre Studienwahl auf Berlin gefallen.
Hier traf sich niemand normales, langweiliges,
unschuldiges. Hier wurden Künstler geboren und von der
Stadt selbst aufgezogen. Miriam wollte dazu gehören und
endlich sie selbst sein. Jaqueline konnte ihr dabei mit

Sicherheit ebenfalls eine große Hilfe sein. Sie studierte Tiermedizin und jobbte nebenbei als Kellnerin, was sie bei ihren Eltern nicht nötig hätte. Beide waren Ärzte in Süddeutschland, wie Miriam schnell erfuhr: Ihre Mutter war Tierärztin, ihr Vater Herzchirurg. Auch sie war nach Berlin geflohen, um endlich frei zu sein und sich nicht länger verbiegen zu lassen. Dennoch wich ihre Haarfarbe nur kaum merklich von ihrem natürlichen Haaransatz und ihre Tattoos von Tigern, Drachen und gelben Blumen waren an Körperstellen, die leicht verdeckbar waren. Ein Kolibri zierte Miriams Schulterblatt, mehr hatte sie sich direkt nach ihrem Schulabschluss nicht getrau. Doch wenn sie Jaqueline so betrachtete, musste sie sich eingestehen wie gut dieser Körperschmuck auf einem Frauenkörper wirkte.

Lächelnd folgte sie ihrer Wohnkameradin in die Küche, in der sich Jaqueline eine Zigarette anzündete und sich auf der Fensterbank gegenüber der Tür kleinmachte und versuchte, den Rauch nach draußen zu vertreiben. Die Blondine hatte gerötete Augen und entschuldigte es mit einem harten Arbeitstag in der ´Salatbar´, einem vegetarischen Restaurant, indem sie arbeitete. Die Küche war klein und trotz der spartanischen Einrichtung gemütlich eingerichtet, mit frischen Orchideen auf dem Regalbrett über dem weißen Esstisch und schwarzen Ornamenten auf den Wandschränken. Stumm bot sie Miriam ihre Zigarettenschachtel an, diese lehnte dankend ab. Beide hatten sich über eine Wohnungsbörse für Studenten im Internet kennen gelernt und auf Anhieb gemocht. Jeden Tag schrieben sie sich E-Mails. Beide hatten lange nach dem perfekten Wohnungsgenossen gesucht und waren überglücklich, als sie merkten, dass zwischen ihnen die Chemie stimmte. „Du glaubst gar nicht, wie viele Freaks und Langweiler sich vor dir gemeldet haben. Du scheinst anständig zu sein. Aus dir kann ich noch richtig was rausholen.", lächelte Jaqueline verschwörerisch, Miriam stutze. „Heute werde ich dir zuallererst meine Stammkneipe zeigen, das ´Rocky´. Dort laufen mit Sicherheit Gestalten herum, die du so noch nie gesehen hast und dabei wird es langsam Zeit. Du brauchst eine Typveränderung. Ich will deinen Horizont erweitern." Jaqueline leckte sich die Lippen, drückte ihre Zigarette in einem rosa Aschenbecher aus und sprang auf. Bestimmend packte sie Miriam am Arm und zog sie in das kleine Badezimmer. Mit einer stummen Handbewegung deutete Jaqueline auf die Dusche. Miriam war nervös, doch als sie in ihr Zimmer laufen und Ausgehsachen holen wollte, winkte ihre Mitbewohnerin ab. „Ich kümmere mich um alles, bereite du dich seelisch auf deine erste Nacht in Berlin vor." grinste die große Blondine und huschte aus dem Bad.

Verlegen duschte Miriam. Gerade als sie sich ein Handtuch um ihren Körper schlang, platzte Jaqueline wieder herein, schnappte sich ihren Fön und platzierte ihre neue Mitbewohnerin vor dem großen Spiegel mit LED-Leuchtrahmen. „Ich werde dich aufpäppeln und einen ganz anderen Mensch aus dir machen. Du wirst dich lieben." lächelte sie in den Spiegel und griff nach einer Bürste. Verblüfft betrachtete Miriam Jaqueline im Spiegel und war fasziniert von den gekonnten Handgriffen und der Leichtigkeit ihrer neuen Freundin. „Du hast Spaß an so etwas, oder?" schmunzelte Miriam und die Blondine lachte zustimmend. „Ich versuche ganz vorsichtig zu sein bei diesen feinen Haaren." flüsterte Jaqueline ihr ins Ohr und strich Miriam sanft durch das Haar. Ein Schauer lief über ihren Rücken und Miriam schaute beschämt zu Boden. Stumm betrachtete sie ihre violett lackierten Zehen und wackelte mit den Füßen. In ihrem Nacken spürte sie Jaquelines Atem, während sie stumpf kicherte. Was sollte das werden? Miriam fühlte sich unwohl, wusste aber nichts zu sagen. Ihre neue Freundin stellte den Fön aus und betrachtete sie kritisch durch den Spiegel. „Ich werde ganz dezent deine Augen betonen und deine Lippen etwas voluminöser aussehen lassen. Möchtest du eine Tolle im Haar haben?" fragte Jaqueline in Gedanken, griff im Badezimmerschrank nach einer großen schwarzen Kosmetiktasche und kramte darin herum. „Nein, danke. Ich lasse meine Haare am liebsten offen. Was hast du vor?" meinte Miriam verlegen. Jaqueline griff eine Handvoll Kosmetikartikel aus ihrer Tasche, holte einen weißen Hocker unter dem Waschbecken hervor und deutete Miriam sich darauf zu setzen. Jaqueline ließ sich davor auf dem Badewannenrand nieder und beobachtete amüsiert, wie

Miriam ihr Handtuch enger um ihren Körper schlang. „Mach die Augen zu. Ich ziehe dir einen ganz dünnen Lidstrich und trage etwas Lidschatten auf." erklärte die Blondine lieblich. Miriam folgte der Anweisung. „Also, Hase. Du kommst aus einer Kleinstadt, richtig?" fragte sie. „Ja, es war schrecklich. Jeder wusste alles über jeden und nichts wurde toleriert. Mir war langweilig und als wir letztes Jahr eine Klassenfahrt nach Berlin gemacht haben, wusste ich, dass ich hierhin gehöre." Sie spürte einen flüssigen Eyeliner auf ihrem Augenlid und Jaquelines Atem auf ihrem Gesicht. Miriam schluckte. Warum fiel ihr das nur so auf? Jaqueline verwirrte sie, doch sie wollte sich nichts anmerken lassen. „Sag mal, worauf stehst du so?" fragte Jaqueline unvermittelt. „Was meinst du?" fragte Miriam irritiert und spürte ihre Wangen rot werden. „Naja, Jungs oder Mädchen? SM und Peitschen? Hast du einen Freund? Berlin ist bunt und hat alles zu bieten. Was genau suchst du?" Miriam stockte. „W-was meinst du? Ich bin eigentlich her gekommen, um mich frei zu fühlen. I-ich war auf nichts bestimmtes aus." meinte Miriam verunsichert. „Mach die

Augen auf, ich muss die Lidstriche abgleichen." befahl
Jaqueline. Sie sahen sich an und kicherten los. „Du bist
süß. Lass dich von mir nicht verunsichern. Wenn du in
Berlin überleben willst, darfst du nicht schüchtern sein.
Das Leben ist schön, Miriam. Du solltest alles
ausprobieren." lächelte die Blondine verschwörerisch.
„Ich soll mich ausprobieren? Hast du etwas Bestimmtes
im Sinn?" fragte Miriam und wurde rot. Aufmerksamkeit
war sie gewohnt, da sie in ihrem Heimatdorf stets aus der
Reihe tanzte, aber dennoch war ihr diese Situation
unangenehm. Sie biss sich verlegen auf die Unterlippe.
Jaqueline näherte sich ihrem Gesicht, nahm es in ihre
warmen Hände, die nach Pfirsich rochen. Miriam stockte
der Atem, sie hielt die Luft an, während ihre
Wohnkameradin langsam ihre Lippen auf die ihren
presste. Sie waren weich und fühlten sich gut an. Miriam
entspannte sich und schloss die Augen. Jaqueline strich
mit ihrer Zunge über Miriams Lippen. Sie öffnete leicht
ihren Mund. Dieses Zungenspiel ließ Miriams Herz
höher schlagen, sie spürte Jaquelines Hände über ihre
Arme streichen. Sie zog Miriam am Handtuch näher an

sich heran, setzte sich mit gespreizten Beinen auf ihren Schoß. „Weißt du, ich habe ein wirklich anstrengende Zeit hinter mir. Ich könnte ein wenig Spaß gebrauchen." Hauchte sie ihrer neuen Mitbewohnerin in das Ohr. Bevor Miriam wusste, wie ihr geschah, schlang sie ihre Arme um Jaquelines Taille, aus Angst, sie könnte von ihrem Schoß fallen. Ein warmes Gefühl breitete sich in ihrem Unterleib aus. Zwar kannte Miriam die Spielchen, die sie auf Partys als Jugendliche gespielt hatte, bei denen sie einige ihrer Freundinnen kurz auf die Lippen geküsst hatte, doch dies war anders. Jaqueline küsste nicht zum ersten Mal eine andere Frau. Sie wusste, was sie tat und Miriam musste sich eingestehen, dass es ihr gefiel. Sie zog Jaqueline näher an sich heran, diese presste ein leises Kichern zwischen ihren Lippen hindurch. Ihre Hände strichen an dem Handtuch hinunter, streichelten Miriams Oberschenkel. Seufzend zitterte sie vor Erregung und hoffte plötzlich auf mehr. Jaqueline hatte Ahnung von dem, was sie tat. Ihre Hände rutschten unter Jaquelines weites Shirt, strichen über die warme, weiche Haut, fühlten das Bauchnabelpiercing. Mit einem

Lächeln ließ Jaqueline von der Brünetten ab und sie sahen sich an. „Ich finde für den Moment hast du genug Berlin geschmeckt. Heb dir deine Ekstase für das 'Rocky' auf. Es gibt für dich noch so viel zu sehen. Ich schminke dich fertig und suche dir etwas zum Anziehen heraus. Wir werden heute richtig Spaß haben." versprach die Blondine, stand auf und verschwand aus dem Bad.

Miriam atmete schwer und starrte aus dem Fenster über der Badewanne. Sie wohnten in einer Dachwohnung, so konnte sie über die Dächer um sie herum schauen. Miriam verstand nicht, was hier geschah und doch musste sie sich eingestehen, dass es sich gut anfühlte. Sie war enttäuscht, dass die Blondine so abrupt von ihr abgelassen hatte. Ob Jaqueline mehr wollte? Kopfschüttelnd verwarf sie den Gedanken. Nie hätte sie gedacht, dass es ihr je in den Sinn kommen würde, etwas mit einer Frau anfangen zu wollen. Außerdem wohnten sie zusammen und Miriam hatte die Befürchtung, dass eine Beziehung nur Stress bedeuten würde. Jaqueline stellte sich vor sie, trug einen Stapel Sachen mit sich herum, legte sie auf dem Badewannenrand ab und zeigte

Miriam einige Teile. Am Ende entschied sie sich für eine schwarze, enganliegende Hose und Jaqueline überredete sie zu einem bauchfreien Iron Maiden-Top. Miriam hatte sich nie getraut so herum zu laufen, doch Berlin sollte aus ihr einen anderen Menschen machen und als sie sich in dem großen Flurspiegel betrachtete, musste sie sich eingestehen, dass ihre langen dunklen Haare sie mit dem Outfit rassig und selbstbewusst aussehen ließen. Aus diesem Grund wollte sie sich mehr trauen. Fasziniert betrachtete sie ihre neue Freundin, wie sie sich leichter Hand schminkte, nackt vor ihr tanzte bis sie ein passendes Outfit gefunden hatte. Für Miriam war dies genau das, was sie gesucht hatte. Mit Jaqueline würde ihr Leben endlich aufregend werden.

Miriam verfluchte ihre neuen High Heels. Wenn sich so weibliche Freiheit in Berlin anfühlte, sollte sie vielleicht wieder nach Hause fahren. Jaqueline führte sie durch enge Gassen, über große Straßen mit unhöflichen Taxifahrern und rüpelhaften älteren Damen an ihren

Rollatoren. Überfordert stolperte Miriam hinter Jaqueline her und stöhnte genervt. Ihre Beine wackelten bedrohlich auf diesen Schuhen und gerade, als sie ihren Unmut äußern wollte, blieb Jaqueline stehen. Miriam sah auf und verzog skeptisch das Gesicht. Sie standen vor einer Kneipe mit zerbrochenem Fensterglas, das lieblos geflickt wurde. Die Holzvertäfelung war verschmutzt und rissig. Die goldene Aufschrift ′The Rocky′ war verblichen und wirkte nicht einladend. „Das ist deine Stammkneipe?" fragte Miriam entsetzt und Jaqueline nickte, hob den Zeigefinger und sagte tonlos: „Don′t judge a book by its cover." Aufgeregt schnappte sie Miriams Hand und zog sie in das Gebäude. Miriam blieb im Türrahmen stehen und wartete bis sich ihre Augen an die Dunkelheit gewöhnten. Es war 20 Uhr im Hochsommer und stockfinster in dieser Kneipe. Das Holz an der Hauswand war das Gleiche, aus dem die Theke, die Barhocker, Tische und Stühle bestanden. Gedimmtes Licht versuchte durch das dunkle Mobiliar und die düsteren Gestalten zu brechen, mit mäßigem Erfolg. Lechzend drehten sich einige ältere Männer in schwarzen

Lederwesten nach den beiden Frauen um. Selbstsicher schritt Jaqueline durch den Raum, grüßte einige Männer und Frauen und näherte sich einem Mann in schwarzer, enger Lederhose und weißem Unterhemd an der Theke. Er war muskulös und tätowiert, seine schwarzen Haare waren nach hinten gegelt. Miriam folgte ihrer Freundin unsicher. Jaqueline tippte den jungen Mann an, er drehte sich zu ihr, umarmte sie und küsste sie genüsslich auf den Mund. Miriam hielt den Atem an.

Nichts tät ich lieber

Eifersucht ist eine Leidenschaft, die mit Eifer sucht, was Leiden schafft. Dieser altertümliche Spruch ratterte ihr permanent durch den Kopf, während sie Jaqueline und ihren besten Freund Maik beobachtete. Sie gingen sehr vertraut miteinander um, doch Miriam beteuerten sie, dass das in ihrer Szene ganz natürlich sei und sie nie eine Beziehung miteinander eingehen würde. Miriam empfand es als unglaubwürdig, da Jaqueline während des ganzen Gespräches auf Maiks Schoß saß und ihm tiefe Blicke zuwarf. „Maik und ich kennen uns seit fünf Jahren. Damals bin ich von Zuhause abgehauen und als Penner vor seiner Wohnung gelandet. Ihm verdanke ich meinen Schulabschluss und meinen Mut zum Studium." erzählte sie und umarmte den dunkelhaarigen Mann. Beschämend musste Miriam feststellen, dass sie ihn attraktiv fand und er mit der Blondine ein gutes Bild abgab. Miriam war enttäuscht und eifersüchtig. Die Aufregung durch ihren Umzug, durch Jaqueline und diese fremde Welt um sie herum brachten sie durcheinander. Schweigend zwang sie sich den Whisky auf Eis zu trinken. Des Öfteren hatte sie mit ihrer Mädchenclique Bier und Sekt getrunken, aber sich nie an etwas Härteres getraut.

In diesem Moment vermisste sie ihre alte Heimat. Ihr kam das flexible, freie Leben in Berlin auf einmal so kompliziert und undurchsichtig vor. Sie strich sich durch die Haare und bemerkte, dass Maik sie bereits einige Zeit beobachtete. Im Gegensatz zu ihrer Wohnkameradin:

Jaqueline unterhielt sich mit einigen Frauen, die in Petticoat-Kleidern und mit rotem Lippenstift durch die Kneipe liefen. Miriam lief rot an. Ihr war nicht nur Maiks aufdringlicher Blick unangenehm, sie kam sich auch fehl am Platz vor.

„Du bist also ein Kleinstadtküken?", begann Maik und schwang nachdenklich sein Cognac-Glas in der linken Hand. Miriam nickte. „Und da hast du dir wirklich Jaqueline als Wohnkameradin gewählt?" „Naja, wir haben uns sofort gut verstanden. Außerdem steht sie für den Begriff der Freiheit, den ich hier suche." antwortete Miriam schulterzuckend. „Den Begriff der Freiheit? Kluge Wortwahl. Du bist also eines der cleveren Mädchen." bemerkte er und lächelte schelmisch. „Was soll das heißen?" Maik lachte: „Versteh das nicht falsch. Ich wollte nur zeigen, dass ich ziemlich beeindruckt bin. Jaqueline hat lange nach einer Zimmergenossin gesucht und nachdem sie jeglichen Typ von Frau abgelehnt hat, war ich neugierig für was für ein Mädchen sie sich letztendlich entscheidet.". „Deine Sprache klingt auch sehr geschwollen." murmelte der Neuling und sah sich erneut neugierig um. „Das hier sind die 50er-Jahre. Wir wollen auffallen, auch in der Sprache." antwortete Maik und lehnte sich zurück. Entspannt zündete er sich eine Zigarette an. „Was macht du sonst so in Berlin?" fragte er in zwei Atemzügen. „Ich will Journalismus studieren und hoffe, dass ich an eine renommierten Berliner Zeitung einen Praktikumsplatz bekomme." Miriams Augen glänzten. Maik lächelte. „Du bist niedlich, ein richtiges unschuldiges Landmädchen. Für dieses Jahr wirst du keine Praktikumsplätze mehr finden." Meinte Maik gelassen und streckte sich. Erschüttert starrte Miriam ihn an und wandte sich beleidigt zu Jaqueline, die sich zur Theke begeben hatte. Sie unterhielt sich mit einer schwarzhaarigen Frau, die ihre Haarpracht mit einer knallroten Blume gebunden hat. Dieselbe Farbe spiegelte sich in ihren geschwungenen Lippen wieder und in den Kirschen auf ihrem weißen Petticoat-Kleid. Ihre weißen Lackschuhe waren perfekt auf ihr Aussehen abgestimmt. Miriam kam sich klein und nichtig vor. Plötzlich spürte sie eine Hand an ihrer eigenen und schreckte zurück. Mit weit aufgerissenen Augen sah sie Maik an, der ihr in die

Augen sah. „Ganz ehrlich, Miriam. Du bist zu schüchtern für diese Welt. Ich könnte das ändern." Miriam lief rot an und Maik lächelte siegessicher. Er sah gut aus und dieses Lächeln machte ihn noch attraktiver. Sie fühlte sich wie ein kleines Reh, das vor einem Rudel Wölfe stand. „Danke, ich verzichte." flüsterte sie mit krächzender Stimme. Maik schüttelte den Kopf. Er wollte sich nicht leicht abwimmeln lassen. Nachdem er einen letzten tiefen Schluck aus seinem Glas genommen hatte, stand er auf, packte Miriam am Handgelenk und zog sie mit sich. „Was hast du vor?" rief sie erschrocken und stöckelte auf ihren hohen Schuhen hinterher. Er ging mit ihr in eine dunkle Nische, hinter der Jukebox, die mit einem schweren, roten Samtvorhang verdeckt war. Maik griff nach ihren Hüften und schwang sie auf einen warmen Holzvorsprung, der eine Heizung auskleidete. Langsam ließ er seine Hände über ihren nackten Rücken gleiten, Miriam erschauderte. „Maik, hör auf…" quiekte sie, aber er presste bereits seine Lippen auf ihre. Miriam ließ sich fallen. Wann hatte sie schon die Möglichkeit sich von einem so attraktiven Mann verführen zu lassen? Sie krallte sich in seinen Schulterblättern fest. Seine rechte Hand glitt über ihre Jeans, vorsichtig in ihren Schritt und rieb seine große gebräunte Hand hin und her. Miriam keuchte auf und kratzte ihm über den Rücken. Ein warmes Gefühl breitete sich in ihrem Unterleib aus. Miriam ließ von seinen Lippen ab und stöhnte in seinen Hals. Mit Bedacht zwickte er sie in den Oberschenkel, nahm ihr Kinn in seine Hand, drückte erneut seine Lippen auf ihre und strich mit seiner Zunge über ihre Lippen. Immer schneller rieb er in ihrem Schritt bis Miriam ihn von sich drückte. Keuchend versuchte sie sich etwas Luft zu fächern, während Maik sie siegessicher anlächelte. Er schlang seinen Arm um ihre Schulter, zog sie von dem Holzvorsprung und küsste ihre Schläfe. „Sehr gut, Mädchen. So bekommen wir dich doch da hin, wo ich dich haben will." flüsterte er in ihr Ohr und führte sie zur Theke, bestellte ihr einen Cocktail und drückte ihn ihr an den Mund. Maik ließ sie los, zündete sich eine Zigarette an und unterhielt sich mit dem Wirt. Jaqueline, die mit ihrer Freundin am Tisch gesessen hatte, ging zu Miriam hinüber und lächelte sie

schief an. „Maik war böse zu dir, ich sehe es dir an."
Kicherte sie und schlang einen Arm um Miriam. Mit
erhobenem Zeigefinger lachte sie Maik an und zog
Miriam zu ihrem Tisch. Miriam ließ sich auf einen Stuhl
fallen und nippte an dem babyblauen Cocktail. Ihr ganzer
Körper zitterte vor Erregung, sie schwitzte und fühlte
sich von allen Seiten beobachtet. Verstohlen stierte sie zu
Maik, der sich entspannt mit dem Mann hinter der Theke
unterhielt ohne ein einziges Mal zu ihr herüber zu
schauen. Sie war irritiert und fühlte sich benutzt. Was
sollte ihr in dieser Stadt noch alles passieren? „Alles in
Ordnung?" fragte Jaqueline leicht besorgt und Miriam
nickte. „Maik ist nicht fair, aber das ist er nie. Merk dir
das. Er nimmt sich, was er will und bekommt es meistens
auch. Deswegen sind wir nie ein Paar geworden. In der
Liebe und Lust ist er zu skrupellos." erklärte Jaqueline
und schwang ihr Sektglas leicht im Uhrzeigersinn.
„Wolltest du denn mit ihm zusammen kommen?" fragte
Miriam neugierig. Jaqueline zuckte mit den Schultern.
„Er ist attraktiv und intelligent, wie dir vielleicht schon
aufgefallen ist. Aber er ist kein Beziehungsmensch. Ich

glaube, er kann sich nicht an nur eine Frau binden. Das fordert ihn nicht genug." vermutete die Blondine und die schwarzhaarige Frau neben ihr kicherte in ihr Sektglas: „Dabei gibt es so viele Männer, die bereits mit *einer* Frau überfordert sind.". Jaqueline sah sie nachdenklich an. „Das ist übrigens Betty. Betty, das ist Miriam. Betty hat hier um die Ecke einen Dessous-Laden.". Beide Frauen reichten sich die Hand. „Was führt dich nach Berlin, Miriam?" fragte Betty und leerte ihr Glas in einem Zug. „Ich bin hier um zu studieren und endlich mehr von der Welt zu sehen." antwortete Miriam müde. Mittlerweile kam ihr dieser Satz standardisiert und unehrlich vor. Mit allem, was sie an diesem Tag erlebt hatte, war sie völlig überfordert. Wenn es noch mehr gab, würde sie bald zusammenbrechen vor Erschöpfung. War so viel Sex in dieser Stadt wirklich normal? „Dann bist du bei uns genau richtig. Wenn man sich irgendwo frei entfalten kann, dann im ´Rocky´ mit seiner ganzen Meute. Mit uns lernst du nicht nur Berlin, sondern auch eine ganz andere Zeit kennen!" begrüßte Betty den Neuling. Miriam lächelte und trank einen großen Schluck Cocktail. Betty schien nett zu sein und allmählich schmeckte der Alkohol besser. „Was studierst du?" fragte Betty und deutete dem Wirt ihr ein weiteres Glas Sekt zu geben.

„Journalismus." antwortete Miriam knapp und sah kurz zu Maik, der sie keines Blickes würdigte. Betty stand auf, nahm sich ihr Sektglas und kam zurück. „Weißt du, an was ich denken muss, wenn ich dich so ansehe?" fragte Betty euphorisch. Miriam schüttelte verwirrt den Kopf. Was sollte heute noch alles kommen? Hoffentlich nicht noch einmal sie. Miriam kicherte kurz, verstummte, als sie Jaquelines fragendes Gesicht sah. „Ich muss an Korsetts denken. Du hast einen wunderschönen Körper und würdest perfekt in meine neue Kollektion passen. Ich bräuchte noch ein Unterwäsche-Model, hast du Lust?" fiel Betty mit der Tür ins Haus. Miriam sah sie mit offenem Mund an und schüttelte ungläubig den Kopf. „Entschuldige, aber heute war ganz schön viel los. Ich bin wirklich nicht in der Lage noch mehr mit zu machen." Murmelte sie verlegen. Jaqueline sah Betty nachdenklich an und meinte: „Lass sie eine Nacht darüber schlafen. Maik ist gerade über sie her gefallen, da wäre ich auch fix und fertig.". Betty nickte verständnisvoll und kramte in ihrer roten Lackhandtasche. Sie zog ein weißes Kärtchen heraus gab es Miriam. Darauf war ein Foto von der Rockabilly mit roter Aufschrift: „Betty´s Beautiful Bodies Collection". „Lass dich doch mal die nächsten Tage blicken und dann kannst du immer noch entscheiden, ob du es machst oder nicht." riet Betty und verabschiedete sich. Wieder leerte sie das Glas in einem Zug, stand auf und verließ die Kneipe. Miriam sah Jaqueline mit großen Augen an, diese lachte auf. „Das war heute viel zu viel für dich, oder?" fragte die Blondine neckisch und ihre neue Freundin nickte paralysiert. Maik kam auf sie zu, schlang einen Arm um Miriams Schultern und flüsterte lüstern: „Was haltet ihr zwei Hübschen denn davon, wenn wir gemeinsam zu euch nach Hause gehen und den Abend entspannt ausklingen lassen?" Jaqueline schüttelte genervt den Kopf, stand auf, zog Miriam hoch und fauchte zu Maik: „Du hast es heute schon genug übertrieben. Ich bringe Miriam jetzt nach Hause und du folgst uns nicht. Schließlich hast du schon genug angerichtet." Sie drehte sich um und verließ mit Miriam die Kneipe. Wackelig auf den Beinen atmete Miriam tief die Nachtluft Berlins ein und nahm verschwommen die Lichter der Stadt wahr. Sie versuchte den Tunnelblick abzuschütteln, jedoch erschien ihr das im Nachhinein eine schlechte Idee. Verzweifelt torkelte sie zu einer Laterne, an der sie sich fest klammerte. Jaqueline sagte irgendetwas zu ihr, aber Miriam verstand sie nicht. Ihr Magen schien sich zu drehen. Ohne jede Kontrolle übergab sie sich auf den Bürgersteig.

Das warme Gefühl

Das grelle Sonnenlicht schien Miriam ins Gesicht. Genervt kniff sie ihre Augen zusammen und rieb sich den Kopf. Sie wälzte sich in ihrem Bett herum und versuchte sich an den letzten Abend zu erinnern. Ihr fiel auf, dass sie noch immer dieselben Sachen trug und nach Zigaretten und Alkohol roch. Wie war sie nach Hause gekommen? Seufzend rappelte sie sich auf und streckte

sich. Ihr Zimmer sah genauso unaufgeräumt aus, wie sie
es gestern verlassen hatte. Noch immer stand ihre
Kommode nicht, da sie gestern nach dem ganzen
Kartonschleppen keine Lust mehr auf Arbeit hatte.
Überall lagen ihre Sachen herum. Miriams Mutter würde
sie zu Recht weisen, wenn sie dieses Chaos sehen
müsste. Leise öffnete sie ihre Zimmertür und spähte auf
den Flur. Das Licht war aus, doch sie hörte Geräusche
aus der Küche. Schleunigst huschte sie in das Bad und
entledigte sich ihrer stinkenden Sachen. Nachdenklich
betrachtete sie die Waschmaschine, die direkt hinter der
Tür stand. Lustlos schüttelte sie den Kopf und wandte
sich der Dusche zu. Als sie unter dem heißen
Wasserstrahl stand, spürte sie ihre verspannten
Rückenmuskeln und ihre unterkühlten Füße. Allmählich
kamen ihr die Erinnerungen hoch. Sie fühlte sich von
Maik ausgenutzt und schämte sich, dass sie sich vor
Jaqueline übergeben hatte. Das warme Wasser tat ihr gut.
Für Miriam kam es wie eine Ewigkeit vor, als sie aus der
Dusche stieg und sich ein weiches, rosa Handtuch um
den Körper schlang. Ihr Körper war krebsrot und

dampfte. Entsetzt betrachtete Miriam das Mädchen im Spiegel mit ihrer blassen Haut und den dunklen Augenringen. Seufzend trocknete sie sich ab und schlich sich aus dem Bad. Kurz sah sie sich um, entdeckte jedoch niemanden. Gerade als sie in ihr Zimmer huschen wollte, hörte sie ein Geräusch aus Jaquelines Zimmer. Verwundert lauschte sie durch den dunklen Flur. Jaquelines Zimmer hatte sie noch nicht gesehen, jedoch war sie sich sicher, dass die Geräusche aus ihrem Raum kamen. Auf Zehenspitzen schlich Miriam über die Holzdielen auf Jaquelines weiße Zimmertür zu. Es knarzte und klopfte dahinter. Neugierig legte Miriam ihre Hand auf die goldfarbene Türklinke und drückte sie geräuschlos herunter. Während sie den Atem anhielt, sah sie verstohlen in das Zimmer. Es war weiß mit einigen roten Akzenten. Die Wände waren weiß, ebenso der große aufgeräumte Schminktisch und die weiße Ledercouch. Vor dem weißen Himmelbett lag ein knallroter Teppich, auf dem verstreut Klamotten lagen. Miriam erkannte Jaquelines Bluse, die sie am Vorabend im Rocky getragen hatte und stockte. In diesem Moment realisierte sie, dass jemand stöhnte. Mit offenem Mund starrte sie auf das weiß bezogene Bett mit knallroten Kopfkissen, die Jaqueline in Ekstase fest krallte. Nackt saß sie auf Maik und bewegte ihr Becken vor und zurück. Erregt fasste sie sich in die Haare, mit der anderen Hand massierte sie ihre wohl geformte, gebräunte Brust. Maik lehnte sich zurück und genoss mit geschlossenen Augen den Ritt. Miriam hatte den Anschein, als würden die beiden gebräunten, tätowierten Körper miteinander verschmelzen. Jaqueline legte den Kopf in den Nacken, strich mit einer Hand über Maiks muskulösen Oberkörper und grinste, während sie an ihrer Brustwarze drehte. Kichernd nahm sie ihre Finger in den Mund und strich erneut über ihre Brustwarzen. Trotz Miriams Abstand zu den beiden, konnte sie erkennen, wie sie hart wurden. Erschrocken stellte sie fest, dass es sie scharf machte. Sie kniff ihre Beine zusammen, aber wollte weiter auf das Paar starren. Plötzlich stöhnte Maik laut auf, Miriam zuckte zusammen. Jaqueline lachte und sah ihren besten Freund siegessicher an. Sie bewegte sich schneller vor und zurück, Maik spannte seinen Körper an und verzog lustvoll das Gesicht. Miriam betrachtete seinen Körper und schluckte, damit ihr der Speichel nicht aus dem Mund tropfte. Noch nie war sie so heiß auf jemanden gewesen, wie zu diesem Zeitpunkt. Schweiß tropfte an Jaquelines Gesicht herunter und sie stöhnte lauter. Wieder bewegte sie sich schneller, ihre Schreie wurden schriller. „Maik, ich komme. Oh Gott, Maik. Ja!" rief sie und warf ihren Kopf weiter in den Nacken. Er griff um ihre Hüften, hielt sie fest und bewegte sich schnell mit ihr. „Ja! Lass uns zusammen kommen! Maik, mach's mir!" schrie die Blondine und Maik atmete schneller. „Ja, ich komme. Ich komme!" knurrte er angestrengt und rieb Jaqueline weiter auf sich hoch und runter. Sie krallte sich in seiner Brust fest und laut stöhnend kamen beide zum selben Zeitpunkt. Miriam war heiß und kalt. Ein warmes Gefühl überkam ihren gesamten Körper. Schleunigst drehte sie sich um, schloss die Zimmertür und ging schleunigst in ihr Zimmer. Schwer atmend ließ sie sich auf ihrem Himmelbett fallen und hörte nur ihren schnellen Herzschlag. Hatte sie gerade wirklich zwei Menschen beim Sex zugeschaut? Sie kniff sich schuldbewusst in den Oberschenkel. „Das war unglaublich geil…" murmelte sie vor sich hin und errötete. Obwohl niemand in ihrem Zimmer sein konnte, sah sie sich verstohlen um. Ihr ganzer Körper war aufgeheizt. Langsam ließ sie ihre Hand den Oberschenkel hinauf wandern. Sie ließ sich nach hinten fallen und atmete tief durch. Mit geschlossenen Augen tastete sie sich in das Handtuch hinein, fühlte ihren Kitzler und ihre feuchten Schamlippen und zupfte leicht an ihnen herum. Ein schwaches Kribbeln breitete sich an den Innenseiten ihrer Oberschenkel aus, sie umkreiste mit ihrem Zeigefinger ihren Kitzler und rieb vorsichtig daran. Das Kribbeln wurde immer intensiver, sie wollte mehr und keuchte lustvoll auf. Mit drei Fingern rieb sie weiter, immer schneller und öffnete die Augen. Stöhnend starrte sie an die weiße Decke und wollte immer mehr. Ihre Beine verkrampften sich, sie winkelte sie an, rieb etwas sanfter und atmete kurz durch. In ihrem Kopf sah sie Jaqueline, die genüsslich auf Maik ritt, sich auf ihm räkelte und seine Blicke genoss. Das warme Gefühl breitete sich in ihrem Bauch aus. Die eine Hand wanderte wieder an ihre Schamlippen, sie feuchtete ihre Finger in ihrem Loch an und spielte ein wenig darin herum. Begeistert zog sie ihre Finger aus sich heraus und spielte wieder an ihrem Kitzler herum. Immer exzessiver rubbelte sie darüber, krallte sich mit der anderen Hand in ihrem Bettlaken fest und versuchte ihr Stöhnen zu unterdrücken. Ihre Beine zitterten und ein Feuerwerk explodierte in ihr. Keuchend starrte sie an die Decke, legte ihre Hände auf den Bauch und schloss kurz die Augen, um sich zu entspannen. Plötzlich hörte sie ein Kichern an der Tür. Geschockt fuhr sie hoch und starrte Maik an, der mit verschränkten Armen im Türrahmen stand und sie anlächelte. „Was bist du denn so überrascht? Wie du mir, so ich dir." lachte er und zwinkerte Miriam zu. Diese zog ihr Handtuch zurecht und sah ihn fragend an. „Ich bitte dich, Miriam. Ich habe doch mitbekommen, wie du Jaqueline und mich beobachtet hast. Da dachte ich mir, ich schau mir deinen heißen Körper im Ausgleich in Action an." Miriam errötete und wusste nichts darauf zu antworten. Maik klatschte seine Hände zusammen und verdrehte die

Augen. „Du bist wirklich ein Kleinstadtküken. Deine Reaktion ist ganz schön verklemmt. Jetzt sind wir doch quitt, oder?" Miriam sah ihn an. „Ich finde, du bist dreist. Du machst, was du willst. Kommst du bei jeder Frau damit durch?" Miriam verschränkte die Arme und ging zu einem Karton, indem ihre Sachen lagerten. „Ich finde, wir sollten Sex haben." antwortete Maik unvermittelt und sah Miriam durchdringend an. Miriam stockte mit einem dunkelblauen T-Shirt in der Hand und sah ihn entgeistert an.

Heißer Körper

„Bist du bescheuert? Du hast mich gestern schon fertig gemacht! Was denkst du dir? Gibt dir wirklich jeder in seinem Leben das Gefühl, dass du der Held bist? Wie kannst du dir so etwas Freches erlauben?" schrie Miriam und fuchtelte mit dem dunkelblauen T-Shirt herum. Ihr rutschte das Handtuch immer mehr hinunter, doch das war ihr gleich. Er wollte sie doch nackt sehen, vielleicht bekam sie so seine ungeteilte Aufmerksamkeit. Amüsiert beobachtete Maik sie bei ihrem Wutausbruch. „Du siehst ganz schön heiß aus, wenn du dich so aufregst. Und das in einem knappen Handtuch ohne etwas darunter. Finde ich super!" grinste er schelmisch. „Du bist so überheblich!", keifte Miriam und bewarf ihn mit ihrem Oberteil. „Verschwinde endlich! Ich will mich anziehen." Maik lachte leise, wickelte ihr Shirt um seine Hand, roch euphorisch daran und verließ damit ihr Zimmer. Die Tür knallte zu. Kopfschüttelnd warf Miriam ihr Handtuch zu Boden und kramte weiter in dem Pappkarton herum. „Auf den Anblick habe ich gewartet." rief Maik. Miriam schrie erschrocken auf und sah ihn erneut in der Tür stehen, die er geräuschlos wieder geöffnet hatte. „Maik, du Arsch!" kreischte sie. Jaqueline kam in T-Shirt und Hotpants angerannt, band ihre langen blonden Haare nach hinten und zog Maik aus dem Türrahmen. „Jetzt lass sie endlich mal in Ruhe, du Spanner!" meckerte sie und verwies ihn in die Küche. „Tut mir leid, Süße. Ich hole jetzt Brötchen, dann frühstücken wir entspannt zusammen. Wie geht es dir?"

Jaqueline legte besorgt den Kopf schief. „Bis eben eigentlich ganz gut. Kannst du deinen Freund nicht irgendwie im Zaum halten?" krächzte Miriam genervt. Jaqueline griff nach der Türklinke und rief während des Schließens der Tür: „Er ist nicht mein Freund. Ich bin schon überrascht, dass ich ihn als Kumpel aushalte." Die Tür ging zu. Miriam starrte ihr mit kritischem Blick nach. „Wahrscheinlich, weil der Sex so gut ist." Murrte sie mit schlechter Laune, griff nach einem schwarzen Tanga und einem weißen BH. Ihr Blick huschte kurz in eine andere geöffnete Kiste, Miriam stockte. Darin sah sie ihren schwarzen Minirock mit Spitzenüberzug. Sie hatte eine Idee. Wenn Maik Spiele spielen wollte, dann konnte er das gerne haben. Kichernd zog sie sich den Minirock an und betrachtete sich in dem großen Spiegel, der gegen die Wand lehnte. Sie musste noch so vieles tun bis ihr Zimmer fertig war. Weißer BH, schwarzer Minirock. Ihre Haare waren noch nass und durcheinander, aber Männer standen auf diesen Look. Das hatte sie jedenfalls mal gelesen. Sie hörte die Haustür knallen. Jaqueline war also Brötchen holen, dann machte sie sich nur vor Maik zum

Deppen. Vorsichtig öffnete sie ihre Tür und lauschte.
Maik summte in der Küche leise zu der Musik im Radio
mit. Miriam lächelte, denn irgendwie war er ja süß.
Obwohl er die meiste Zeit, die sie in den wenigen
Stunden zusammen verbracht hatten, ein Macho war.
Leise seufzend trat sie aus ihrem Zimmer, atmete tief
durch und stolzierte mit erhobenem Kopf auf ihren
nackten Füßen in die Küche. Aus dem Seitenwinkel sah
sie Maiks überraschten Gesichtsausdruck, ignorierte ihn
gekonnt und streckte sich mit dem Rücken zu dem
jungen Mann, um nach einer Kaffeetasse aus dem Regal
zu greifen. Sie drehte sich und goss sich etwas Kaffee aus
der Maschine ein. „Ist Jaqueline schon weg?" fragte sie
scheinheilig und sah Maik mit großem unschuldigen
Augen an. Er nickte und starrte ihr auf die Brüste. „Du
weißt schon, dass mein Körper aus mehr besteht?" fragte
sie mit einem schiefen Lächeln und setzte sich auf den
Küchentisch und schwang ihre Beine vor und zurück.
„Dein ganzer Körper ist nicht zu verachten. Ich gebühre
ihm mit meinen Blicken nur den Respekt, der ihnen
zusteht." Erklärte Maik und trank einen Schluck aus

seiner violetten Kaffeetasse. „Ich dachte mir: Wenn du schon Spielchen spielen willst, dann sollte ich mich doch mal darauf einlassen. Und dir zeigen, dass du nur verlieren kannst." lachte sie leise und genoss den schwarzen, bitteren Kaffee in ihrem Mund. „Du willst also mit mir spielen? Denkst du wirklich, dass das gesund für dich ist?" lachte Maik und lehnte sich mit verschränkten Armen zurück. Sie sah ihn lächelnd an. „Ich bin der Meinung, dass ich als Frau immer gewinne." Meinte sie und sprang vom Tisch und ging zu den Schubladen, um Besteck heraus zu holen. Maiks Stuhl quietschte, er stellte sich dicht hinter Miriam und flüsterte in ihr Ohr: „Du bewegst dich auf gefährlichem Terrain, wenn du glaubst mit mir spielen zu können." Seine warmen Hände umschlossen ihren nackten Bauch. Miriam bekam Gänsehaut und umschloss das Besteck in ihrer Hand fester. „Ich meinte das eben ernst. Wir beide sollten Sex haben." flüsterte er in ihr Ohr und griff mit seinen Händen ihre Brüste. Sanft massierte er sie, Miriam keuchte auf. Ein Kribbeln breitete sich in ihrem Bauch aus. „Du legst es darauf an mich zu provozieren. Du machst einen auf dicke Hose, aber wir beide wissen, dass du unter meinen Händen ganz schnell schwach wirst." bemerkte Maik. Seine Hände glitten über ihren Rücken und öffneten ihren BH. Erschrocken hielt sie ihn fest, doch Maik ließ die Träger langsam an ihren Armen heruntergleiten. „Willst du mir erzählen, dass du erst Jaqueline gevögelt hast und jetzt mich rannehmen willst?" flüsterte Miriam mit zitternden Lippen. Sie ließ ihren BH los und er fiel in die Besteckschublade. Kichernd griff Miriam danach und warf ihn zu Boden. Maik massierte ihre Brüste, spielte an ihren Brustwarzen und biss sanft in ihre Schulter. Miriam genoss seine Berührungen, lehnte sich entspannt an ihn. Seine linke Hand massierte weiter ihre Brust, seine rechte rutschte langsam unter ihren Rock. „Mich wundert es, dass du überhaupt Unterwäsche anhast." lachte Maik leise in ihr Ohr und rieb langsam über ihre Schamlippen. Miriam keuchte auf und beugte sich nach vorn. Mit einem kräftigen Stoß mit seinen Hüften drückte er sie wieder zu sich heran und biss ihr ins Ohr. Miriam quiekte und riss sich von ihm los. Schwer atmend sah sie ihn mit herausforderndem Blick an und rannte in den Flur. Maik folgte ihr gemächlich und sah sie an. „Ich weiß, wo du hinlaufen könntest." meinte er und zeigte zum Badezimmer. Miriam sah ihn fragend an, folgte ihm dennoch ohne ein Wort zu sagen. Maik stellte sich mitten ins Bad und zog sich unvermittelt die Hose aus. Miriam errötete, als sie begierig auf den Schwanz starrte. Sie hatte nur eine Beziehung gehabt, bevor sie nach Berlin gezogen war. Doch das was sie vor sich sah, war beachtlicher, als sie sich erträumt hatte. „Bist du glücklich? Dieses dicke Ding will dich durchnehmen. Ich hoffe, du bekommst keine Angst." protzte Maik und knetete seine Hoden, während sein Schwanz immer steifer wurde und seine ganze Pracht zeigte. Er zog sich sein enges weißes Shirt aus und deutete auf die Waschmaschine. „Was hast du vor?" fragte Miriam irritiert und näherte sich Maik. Er griff sie am Handgelenk, zog sie an sich heran und küsste sie. Miriam spürte seinen warmen, trainierten Körper und strich ihm über die Brust. Genussvoll packte er Miriam an den Hüften und schwang sie auf die Waschmaschine. Mit einer Hand zog er ihren Tanga hervor, drückte ein paar Knöpfe an der Waschmaschine, bis diese zu vibrieren begann. „Jetzt, Süße, hast du den besten Sex aller Zeiten." prophezeite Maik und griff mit einer Hand an ihre Schamlippen und massierte sie erneut. Miriam war überfordert und doch so erregt, dass sie sich zurücklehnte und die Verführung genoss. „Hm, du wirst ja schön feucht. Mach die Beine breit." befahl er. Miriam spreizte die Beine und spürte plötzlich eine Zunge an ihrem Kitzler. „Maik, was tust du. Oh mein Gott!" stöhnte sie und krallte sich am Waschmaschinenrand fest. Vorsichtig hauchte er gegen ihre Schamlippen und leckte sie. Miriam spürte, dass sie immer feuchter wurde und begann verunsichert zu kichern. Maik kroch unter ihrem Rock hervor und wischte sich an seinem Handrücken den Mund ab. „Lehn dich einfach weiter zurück, Zuckerpuppe." lächelte er und Miriam sah ihn an. Sie schätzte seinen Penis auf 20 Zentimeter, die sich in diesem Moment in ihr langsam einen Weg bahnen wollten. Maik sah sich um. „Nimm es mir nicht übel, Süße. Aber ich weiß, dass Jacky hier irgendwo Kondome versteckt hat." erklärte er, drehte sich um und sah in den Badezimmerschrank. Triumphierend hielt er eine kleine goldene Packung in die Höhe; öffnete sie und zog das rosafarbene Kondom über seinen erigierten Schwanz. „Jetzt haben wir beide richtig Spaß." schwor Maik und schob ihn langsam in Miriam hinein. Sie atmete überrascht ein, als sie die Dicke und Länge genoss. Ganz langsam bewegte Maik sich vor und zurück, Miriam krallte sich in seinen Schultern fest und schloss die Augen. Stöhnend spürte sie die kräftigen Stöße und genoss das Kribbeln in ihrem Bauch. „Oh mein Gott, Maik. So etwas habe ich noch nicht gespürt." stöhnte sie begeistert und sah ihm in die Augen. Er lächelte triumphierend. „Ich weiß, Schätzchen. Meinen Schwanz lieben sie alle. Und mein Schwanz liebt jede Frau, so oft ich sie lasse. Ich verspreche dir, du willst davon mehr. Willst du es?" zischte er angestrengt zwischen den Zähnen hindurch. Miriam nickte. „Ich will eine Antwort. Sag es! Willst du mehr davon?" befahl er und Miriam schrie lustvoll auf. Maik beschleunigte sein Tempo, ihr wurde schwindelig. „Ja, Maik! Ja! Du bist so gut. Gib mir mehr! Ich will mehr! Gib´s mir!" Wieder schloss sie die Augen, denn allmählich blitzten Sterne vor ihrem Blickfeld auf. „Meine Muschi ist so feucht." keuchte Miriam und biss Maik in die Unterlippe. Maik lächelte. „Ich liebe es wie du redest. Du machst mehr Spaß, als ich dachte." keuchte er und hielt sich an ihren Hüften fest. Das Kribbeln in ihr wurde stärker und sammelte sich direkt im Unterleib. Miriam schrie lauter und ihr wurde schwindelig, als sie das Feuerwerk in ihrem Körper spürte. Sie hörte Maik lauter stöhnen und spürte wie er sich noch schneller bewegte. Gerade als sie glaubte, das Bewusstsein zu verlieren, stoppte Maik abrupt und legte seinen Kopf stöhnend auf ihre Schulter. Miriam rang nach Luft und lachte. „Was hast du mit mir gemacht?", fragte sie und wischte sich die Haare aus ihrem verschwitzten Gesicht. „Jetzt kann ich wieder duschen gehen." „Ich finde, wir gehen zusammen duschen. Der ganze Sexgeruch wird auffällig." murrte Maik und bewegte sich nicht. Nach einigen Sekunden griff er sein Glied und zog es aus Miriam heraus. Sie fühlte sich verschwitzt und dreckig. Der Schweiß lief an ihren

langen Haaren an ihrem Rücken herunter. Maik
schüttelte seinen Schwanz und zog das Kondom ab. Mit
etwas Toilettenpapier wischte er sich trocken, wickelte
das benutzte Kondom ein und warf es in den kleinen
roten Mülleimer. „Komm, wir springen schnell unter die
Dusche." schlug er vor und half Miriam von der
Waschmaschine, die er wieder ausstellte. Ohne zu reden,
stellten sie sich gemeinsam unter das warme Wasser und
genossen die Ruhe. Miriam musste sich eingestehen, dass
sie noch nie so guten Sex hatte; dass sie aber ebenso
nichts anderes von Maik erwartete hatte. Noch immer
spürte sie seinen dicken Schwanz zwischen ihren
Schenkeln und lächelte befriedigt. Maik umarmte sie von
hinten und minutenlang standen sie regungslos da.
„Daran könnte ich mich gewöhnen." murmelte er in ihr
Ohr, stellte abrupt das Wasser ab und stieg aus der
Dusche. Verwirrt sah Miriam ihm nach. Maik drehte sich
zu ihr, griff ein Handtuch vom Haken und warf es ihr zu.
Wortlos trockneten sie sich ab, zogen sich an und
verließen das Bad. Maik wandte sich zur Küche, Miriam
huschte oben ohne in ihr Zimmer, kramte nach einem

schwarzen BH und einem roten Top. Als sie in der Küche auftauchte, saßen Jaqueline und Maik am Tisch. Maik trank verstohlen eine Tasse Kaffee, Jaqueline lächelte ihre neue Freundin breit an, klopfte auf den leeren Stuhl neben sich und goss aus Kaffee in die leere Tasse ein. Leicht errötet setzte Miriam sich und griff nach der Brötchentüte. Stumm frühstückten sie, doch Maik ließ sich nichts anmerken. „Ich geh zur Arbeit." verabschiedete er sich mit einem letzten Stück Marmeladenbrötchen im Mund und verschwand aus der Wohnung. Nervös rutschte Miriam auf ihrem Stuhl hin und her, kratzte auf ihrer Kaffeetasse mit ihrem Zeigefinger herum. „Dein BH liegt übrigens noch da drüben." sagte Jaqueline unvermittelt und lachte laut auf, als sie Miriams rotes Gesicht sah. „Stell dich nicht so an! Erzähl mir lieber, wie es war." Jaqueline piekste ihr in die Seite und kicherte los. „Du kannst mir nichts verheimlichen. Ich treibe es mit Maik seit vier Jahren und kenne seine Vorzüge. Er hat es drauf, oder nicht?" Jaqueline nippte an ihrem Kaffee und stierte Miriam an. Verlegen puhlte sie an ihrem Brötchen herum. „Es war gut. Ich muss zugeben, dass ich noch nie so guten Sex hatte." gestand Miriam und räusperte sich. „Ja, er hat seine gewissen Vorzüge. Mit Maik hat man immer viel Spaß, in jeder Hinsicht. Aber ich hoffe, dass du dich in der Sache nicht zu sehr verkrampfst. Maik will keine Beziehung, das ist dir hoffentlich klar." meinte Jaqueline und sah sie durchdringend an. „Ich denke nicht, dass ich eine Beziehung möchte. Ich war ja nicht mal auf Sex aus." flüsterte Miriam nachdenklich und stopfte sich ein Stück Brötchen in den Mund. „Warum nicht? Sex ist toll! Ein bisschen Spaß muss sein, Honey." erklärte die Blondine schulterzuckend und räumte ihr Geschirr in den kleinen Geschirrspüler, auf dem rosa Katzensticker aufgeklebt waren. „Ja, du bist da aber freizügiger als ich. Ich komme vom Dorf und wurde so erzogen, meine Sachen für mich zu behalten und Sex gibt es nur in einer langjährigen Beziehung. Irgendwie fühle ich mich schmutzig." sagte die Brünette leise und kratzte sich am Arm. „Und dabei warst du gerade duschen.", lachte Jacqueline und setzte sich wieder zu Miriam. „Mäuschen, du bist in Berlin, um etwas neues zu erleben und dein altes Leben hinter dir zu lassen. Du bist 20 und solltest dich endlich mal ausprobieren. Hier ist alles anders, das Leben ist viel schöner als du denkst. Du bist frei, Miriam. Du musst dich nicht mehr an all die Regeln halten, die man dir aufgezwungen hat. Leb dich endlich aus. Das hier wird vielleicht deine einzige Chance dazu in deinem Leben sein."

Ein letztes Mal

„Ich habe aber nur eine Stunde Zeit." keuchte sie, während die schwarzhaarige Frau die Ladentür abschloss. Der junge, braunhaarige Mann stand hinter ihrem Rücken, glitt mit seinen Händen unter ihren Petticoat und kniff ihr in den Hintern. „Ich liebe deinen Arsch." meinte er und bewunderte den rundgeformten Hintern mit rotem Tanga. Betti kicherte, vergewisserte sich, dass niemand in ihrem Laden wollte und drehte sich um. Innig küsste sie Phillip, er packte ihren Po fester und drückte sie näher an sich heran. Durch seine enge Hose spürte sie seinen steifen Schwanz und stöhnte begeistert. „Lass uns nach hinten gehen, bevor ich es noch hier auf dem Boden mit dir treibe." flüsterte er in ihr Ohr, nahm sie bei der Hand und zog sie an 50er-Jahre Kleidern und Dessous vorbei. Betty war glücklich. Sie hatte einen netten, höflichen und gut aussehenden Mann kennen gelernt, der außerdem ihren Kopf verdrehte, sobald er sich vor ihr auszog. Hüpfend wie ein kleines Kind folgte sie ihm in den Lagerraum, indem ein alter roter Sessel vom Sperrmüll stand. Dominant drückte sie Phillip auf den Stuhl, drehte sich mit dem Rücken zu ihm, ließ ihn den Reißverschluss ihres roten Kleides öffnen und tanzten mit schwingenden Hüften vor ihm. Langsam strich sie das Kleid von ihrem Körper, drehte sich und lachte ihn an. Lasziv tanzte sie in einem ruhigen Rhythmus, öffnete ihren schwarzen Spitzen-BH und räkelte sich. Phillip leckte sich die Lippen und öffnete seine Hose, schlüpfte heraus und fasste sich in den Schritt. Langsam rieb er mit seiner flachen Hand über sein Glied. Betty beugte sich zu ihm vor, zupfte an seiner weißen Shorts und nahm den

Schwanz in ihre Hände. Er hatte eine leichte Krümmung, obwohl er bereits steif war. Sie wusste, dass Phillip das störte, aber sie interessierte es nicht. Im Gegenteil, Betty liebte seinen Schwanz. Sie war jedes Mal euphorisiert, wenn sie mit Phillip schlief. Er konnte zärtlich sein, sie auf seinen Händen tragen und sie verwöhnen. Doch in diesem Moment wollte Betty es hart. In einer Stunde Mittagspause blieb keine Zeit für Liebkosungen. Schwungvoll zog Betty ihren Tanga aus und setzte sich auf Phillips Schoß. Genüsslich rieb sie ihr Becken auf ihm und biss in seinen Hals. Phillip schluckte und schaute Betty zu. Sie wusste, was sie tat und wie sie ihn heiß machen konnte. Er spürte ihre feuchte Muschi an seinem Schwanz und wurde immer erregter. „Steck ihn rein, Puppe. Ich will in dir stecken.!" seufzte er und schluckte. Kichernd stellte sie sich hin und ließ seinen Schwanz langsam in sich hinein gleiten. Schwer atmend setzte sie sich auf ihn und bewegte sich langsam vor und zurück. „Wie willst du es?" fragte sie schelmisch und bewegte sich schneller. „Willst du es hart? Soll ich es dir richtig besorgen? Oder soll ich lieb zu dir sein?" Sie bewegte sich immer schneller. Phillip lehnte sich zurück, schloss die Augen und genoss. Ihre Bewegungen wurden immer schneller, es kribbelte in ihrem Bauch und in den Oberschenkeln. „Du machst mich so geil, Phillip." stöhnte Betty und warf den Kopf zurück. Mit ihren Händen glitt sie über sein T-Shirt und spürte den trainierten Oberkörper darunter. „Du siehst so heiß aus.", schwärmte Phillip und betrachtete sie aus halb geöffneten Augen. „Aber wenn du zu schnell machst, ist das hier schneller vorbei, als wir beide es wollen." Betty bewegte sich langsamer und sie sahen sich in die Augen. Bettys Herz schlug schneller und sie lächelte zufrieden. „Und hatte ich Recht? Eine kleine Nummer in meinem Lager ist doch eine super Idee, oder?" keuchte sie und hielt sich an seinen Oberschenkeln fest. „Du hast geniale Ideen, Puppe. Und jetzt fick mich ein bisschen schneller. Aber nur ein wenig. Gib´s mir." befahl Phillip und wieder beschleunigte Betty. Ihre kleinen Brüste wackelten auf und ab, Phillip nahm sie in seine Hände, knetete sie und kniff leicht in ihre Brustwarzen. Betty stöhnte auf. „Nimm meine Brust! Sei härter zu mir!" rief sie. Phillip griff fester zu und knetete sie intensiver. Betty rieb sich weiter auf Phillips Schoß, das Kribbeln wurde stärker. „Phillip, ich komme!" krächzte Betty. Ihr Mund war trocken, doch sie scherte sich nicht darum. „Ja, mach es, Mädel! Los, schneller!" schrie Phillip und hielt sie an ihrer Hüfte fest. Es staute sich immer mehr Druck auf, seine Hoden kribbelten und er wollte endlich abspritzen. Bettys Stöhnen wurde immer schriller. „Süße, ich spritze in dich hinein! Ja!" brüllte Phillip und beide fühlten das Feuerwerk in sich. Tausend kleine Explosionen in ihren Körpern. Betty ritt weiter, denn sie wollte nicht, dass es endete. Dieses Gefühl machte sie süchtig. Sie erinnerte sich nicht, ob sie je so von etwas bewältigt wurde. Langsam stoppte sie und sah in Phillips verzerrtes Gesicht. „Na, hat dir dieser Ritt gefallen?" schmunzelte Betty und sah sich nach Tüchern um. Sie hielt nichts von Kondomen, schließlich kannte sie Phillip schon länger und nahm seit Jahren die Pille. Zum Spaß gehörte kein nerviges Kondom dazu. „Du bist umwerfend." keuchte Phillip leise und lehnte sich mit geschlossenen Augen zurück. Auf dem Regal, das ihnen am nächsten stand, hatte Betty eine Packung Taschentücher liegen, da sie diese Art von Pause seit Beginn des Tages geplant hatte. Überschwänglich griff sie nach der Packung, riss sie auf, schmiss ein Taschentuch auf Phillips Bauch und nahm sich ebenso eines. Vorsichtig hielt sie es sich an ihr Intimpiercing mit dem schwarzen Steinchen und ließ Phillips Penis langsam aus sich herausgleiten. Ein kurzes schmatzendes Geräusch war zu hören, als sie aufstand und sich das Tuch unterhielt. Abrupt floss das warme Sperma aus ihr heraus, was sie sehr anmachte. „Hey, dein Saft läuft gerade aus mir heraus. Ich hoffe, du bist stolz auf dich.", lachte Betty, warf sich in ihren BH und das Kleid. „Ich gehe kurz auf die Toilette und richte mich wieder her. Bleibst du noch einen Moment?" Phillip nickte im Halbschlaf. Sein Schwanz war nass und feucht, es liefen einige Tropfen Sperma daraus, aber das schien ihn nicht zu stören. Mit Genugtuung speichert Betty dieses Bild in ihrem Kopf ab. Scheinbar hatte sie ihn vollends befriedigt und das machte sie stolz. „So einen tollen Mann mit ein bisschen Sex fertig machen zu können, ist doch wunderbar." flüsterte sie, griff ihren

Tanga vom Boden auf und schlüpfte durch eine Tür im hinteren Teil des Lagers. Dort befand sich die Toilette. Das grelle Licht ließ ihr Spiegelbild gruselig aussehen: gerötete Wangen, verschmiertes Make-Up und leichte Ansätze von Augenrändern. Seufzend ließ sie sich auf der Toilette nieder und wartete einige Minuten bis sie das Gefühl hatte, dass das gesamte Sperma aus ihr heraus gelaufen war. Zur Vorsicht wickelte sie ein paar Streifen des Toilettenpapiers um ihren dünnen String und versuchte es so zu befestigen, dass ihr nicht plötzlich vor einem Kunden alles unter dem Kleid hervor rutschte. Nachdem sie sich einigermaßen wieder hergerichtet hatte, verließ sie die Toilette und hielt nach Phillip Ausschau, der sich bereits wieder anzog. Er schaute auf seine Armbanduhr. „So, ich treffe mich gleich noch mit den Jungs aus dem Fitnesscenter und du musst ja bald wieder arbeiten." meinte er und griff sein Portmonee, das auf den Boden gefallen war. Betty war enttäuscht. „Ich dachte, wir holen uns vom Kiosk gegenüber noch schnell zusammen einen Kaffee?" murmelte sie bittend. Phillip schüttelte den Kopf. „Wozu?", fragte er und sah sie mit hoch gezogener Augenbraue an. „Nach dem Sex haben wir doch bis jetzt nie etwas unternommen. Warum jetzt damit anfangen?" „Naja, warum nicht? Wir könnten uns doch mal ein bisschen unterhalten." schlug Betty verlegen vor. Phillip stockte in seiner Bewegung und sah sie eindringlich an. „Hör zu, wir haben uns auf einer Party kennen gelernt und seitdem oft sehr guten Sex gehabt. Ich dachte, wir hatten uns darauf geeinigt, dass es dabei bleibt?" fragte er und verschränkte die Arme. Betty sah betreten zu Boden. „Ich dachte ja nur, dass man sich bei so gutem Sex ab und zu mal unterhalten könnte. Wenn es im Bett so gut funktioniert, kann es doch auch so funktionieren." murmelte sie dem Boden entgegen. Phillip schüttelte genervt den Kopf. „So war das nicht vereinbart, Betty. Du bist ein tolles, hübsches Mädchen, mit dem ich seit einigen Wochen viel Spaß habe. Aber ich dachte, wir waren uns einig, dass hieraus nicht mehr werden kann." warf er ihr vor. Betty schluckte und sah ihn an. „Kannst du dir denn nicht mal vorstellen, dass wir uns nur ein einziges Mal treffen? Ein Essen? Oder einfach nur ein Kaffee?" fragte sie verzweifelt, aber

Phillip schüttelte den Kopf. „Betty, ich habe eine ziemlich beschissenen Beziehung hinter mir und habe einfach keine Lust auf diesen Blödsinn. Wir haben abgemacht, dass wir nur Sex miteinander haben und das funktioniert doch gut. Willst du das jetzt hinschmeißen?" meinte er und sah sie fordernd an. Betty hatte Tränen in den Augen und sah erneut zu Boden. „Ich will dich einfach nur besser kennen lernen. Unser Sex ist so gut und du bist ein toller Mann. Witzig, gutaussehend und du trägst mich bei jedem Sex auf Händen. Du bist wirklich großartig." wimmerte Betty und seufzte. Wochenlang hatte sie von Phillip geträumt, ihn heimlich beobachtet, wenn er nach dem Sex eingeschlafen war und während des Duschens versucht seinen Geruch auf ihrem Körper zu belassen. Seine Blicke, seine sanften Worte und Küsse hatten sie in der Überzeugung gelassen, dass er genauso empfand.

„Tut mir leid, Betty. Aber vielleicht sollten wir das beenden." entschied er. Erschrocken sah Betty auf. „Nein, nein. Dann vertiefen wir unsere Beziehung eben nicht. Mir reicht der Sex, wirklich." bettelte sie. „Nein,

Betty. Wenn wir jetzt weitermachen würden, würde ich dich nur noch mehr verletzen. Ich bin auf ein paar nette Nummern aus, aber ich will keine Herzen brechen. Wir werden uns nicht mehr sehen. Du weißt, dass das besser ist." entschloss Phillip, winkte verlegen und verließ den Laden. Betty liefen Tränen über das Gesicht, die sie eilig wegwischte. „Arschloch…" flüsterte sie heiser und ging zurück in den Verkaufsraum.

Die andere Seite

Miriam stand vor Bettys Laden und spähte durch die Glastür. Es war dunkel im ´Beautiful Bodies´. Verwundert sah sie auf die Visitenkarte und dann auf ihr Handy. „Es ist doch erst 15 Uhr. Warum ist hier schon zu?" fragte sie sich leise und steckte schulterzuckend die Visitenkarte weg. Behutsam drückte sie gegen die Eingangstür, aber sie ließ sich nicht öffnen. Ratlos sah sie sich in der Straße um. Sie war froh, dass sie überhaupt hierher gefunden hatte, ohne Hilfe von Jaqueline oder eines Taxis. Enttäuscht wandte Miriam sich um und ging die Straße ein Stück weiter hoch. Wenn sie schon in Berlin unterwegs war, wollte sie selbst ein bisschen die Stadt erkunden. Miriam war lieber allein unterwegs, als jemanden dabei zu haben. So konnte sie sich in Ruhe umschauen und entscheiden, wo sie hingehen wollte. Neben dem Gebäude war eine kleine Gasse, aus der Miriam im Vorbeigehen wimmernde Geräusche hörte. Sie blieb stehen und lauschte irritiert. Ängstlich versuchte sie etwas zu erkennen und sah sich um, doch niemand war in der Nähe. Vorsichtig ging sie ein paar Schritte in die Gasse hinein und lauschte wieder. Das Wimmern wurde lauter. Miriam schluckte und rief: „Hallo? Ist da jemand? Brauchen Sie Hilfe?" Vergeblich wartete sie auf Antwort, dennoch hörte sie nun ein eindeutiges Weinen einer Frau. Panisch ging sie weiter in die Gasse hinein und bemerkte vor einer Seitentür des Gebäudes, indem sich Bettys Laden befand, eine zusammengekauerte Frau in einem Kleid mit umfangreichem Rock. Miriam erkannte sie sofort wieder.

„Betty?" fragte sie vorsichtig. Mit verschmiertem Gesicht schaute diese auf und versuchte unter Tränen zu erkennen, wer vor ihr stand. „Kennen wir uns?" fragte Betty genervt und wischte in ihrem Gesicht herum, wodurch der Lidschatten und Kajal weiter verschmierte. „Ich bin Miriam. Du hast mir gestern Abend deine Karte gegeben. Ich sollte mich bei dir melden, falls ich für deine Kollektion Modell stehen möchte." erklärte Miriam und wühlte in ihrer kleinen braunen Handtasche nach Taschentüchern. „Achso, na dann.", antwortete die Schwarzhaarige und starrte Miriam an. „Sind da Zigaretten drin?" Miriam schüttelte den Kopf. Stöhnend erhob sich Betty, schloss die Nebentür ihres Ladens auf und deutete Miriam hinein zu gehen. Unschlüssig trat sie in den dunklen Raum, Betty folgte ihr. „Komm, wir gehen nach vorne in den Verkaufsraum." schlug Betty vor und führte sie schniefend durch den Lagerraum. Wortlos machte sie die Beleuchtung an und schloss die Eingangstür auf. Miriam sah sich um. An den Wänden hingen Korsetts in den unterschiedlichsten Farben und den mit eleganten Ornamenten, davor standen

Schaufensterpuppen in kurzen Kleidern und Dessous. In der Mitte des Raumes stand ein großer Tisch mit Handschuhen, Ketten und kleinen Hüten. Fasziniert sah Miriam sich um, griff nach dem steifen Stoff der Korsetts und betrachtete sie eingehend. „Wenn man so etwas sieht, ist man froh eine Frau zu sein, oder?" meinte Betty und schnaubte sich die Nase. Miriam nickte verlegen. „Wenn man dementsprechend aussieht, kann man sich mit Sicherheit in diesen Klamotten wohlfühlen." murmelte sie und stellte sich verlegen zu den Umkleiden, deren Vorhänge aus schwerem rotem Saum bestanden. „Du hast sicherlich diesen Körper, sonst hätte ich dir nicht angeboten für meine Kollektion zu posieren. Hattest du solche Sachen schon mal an?" fragte Betty und wühlte in den Korsetts herum. Miriam schüttelte den Kopf und sah Betty zu. Sie suchte einige Korsetts und einen schwarzen Rock aus, drückte sie Miriam in die Hand und scheuchte sie in die Umkleidekabine. „Zieh dir alles aus, zieh den Rock an und ich helfe dir bei den Korsetts und suche dir noch ein paar Schuhe raus. Welche Größe? 36?" befahl Betty und zog den Vorhang hinter Miriam zu. „37." antwortete diese und zog sich langsam die Schuhe aus. Betty warf ihr ein Paar schwarze High Heels in die Kabine. Verunsichert schlüpfte Miriam in die Sachen und betrachtete die Korsetts. „Bist du so weit?" fragte Betty und riss die Vorhänge auf. Erschrocken hielt sich Miriam die Hände vor die nackten Brüste und starrte Betty vorwurfsvoll an. Diese hatte sich neu geschminkt und sah so aus, als wäre nichts gewesen. „Schau mich nicht so an. Es ist keiner hier, der dir etwas wegschauen könnte. Dreh dich um und gib mir ein Korsett." zeterte die Schwarzhaarige. Zuerst zog sie Miriam ein schwarzes Korsett mit dunkelblauem Blumenmuster an. Ihr wurde schwindelig in dem engen Oberteil, jedoch traute sie sich nicht etwas zu sagen, da Betty ihr erklärte, dass die Atemnot nötig sei. „Wer schön sein will, muss leiden." meinte Betty schulterzuckend und betrachtete Miriam zufrieden. „Sehr schick. Frauen sind und bleiben das schöne Geschlecht." warf eine unbekannte Stimme ein. Die beiden Frauen drehten sich um. In der Eingangstür stand ein großer Mann mit blonder Perücke, einem rosa Damenkostüm

und der dazu passenden Handtasche und High Heels. Er
war auffällig geschminkt und lächelte die beiden an.
„Donna! Schön, dass du vorbei schaust. Sieh dir das
Prachtstück an. Was hältst du von dem Korsett?"
begrüßte sie Betty. Unsicher stand Miriam da. Noch nie
hatte sie im echten Leben einen geschminkten Mann
gesehen und wusste nicht, wie sie reagieren sollte. Betty
und Donna gaben sich Begrüßungsküsschen und
plauderten. Wäre der Transvestit nicht groß und
muskulös gewesen, hätte man ihn nicht für einen Mann
gehalten. Donna stolzierte galant durch den Laden und
küsste Miriams Wangen. „Hallo, Schätzchen. Ich bin
Donna und muss dir gleich mal sagen: du siehst
umwerfend aus!" quiekte die große Blondine und Miriam
lächelte verlegen. „Hey, ich bin Miriam. Freut mich."
murmelte sie und errötete. „Ach Gottchen, was ist das
denn für ein Mäuschen?" lachte Donna laut und kramte
einen pinken Lippenstift aus ihrer Handtasche. „Miriam
ist aus irgendeinem kleinen Dorf gerade erst nach Berlin
gezogen und wohnt bei Jaqueline. Ich glaube dein
Auftreten überfordert sie." lachte Betty und zupfte an

Miriams Korsett herum. „Wie niedlich. Endlich hat Jacky mal eine anständige Mitbewohnerin gefunden. Die suizidale Gothictante war ja schrecklich!" pikierte sich der Transvestit und zog vor dem Spiegel in der Umkleide den Lippenstift nach. Miriam sah Betty mit großen Augen an. „Vor dir wohnte ein dürrer Kerl bei Jaqueline, der sich immer in so merkwürdigen Klamotten kleidete und sich schwarz schminkte. Sie warf ihn raus, als er eines Nachts einem schwarzen Umhang und mit Räucherstäbchen vor ihrem Bett stand und ihre Dämonen austreiben wollte." erklärte Betty kopfschüttelnd. Miriams Augen wurden noch größer und Donna kicherte amüsiert. „Du bist den Wahnsinn nicht gewohnt, oder? Dann bist du ja bei uns genau richtig! Wir holen dich schon auf unsere Seite." zwinkerte sie Miriam zu. „Ich habe hier an einem Tag schon viel erlebt." murmelte die Brünette verstört und ließ das Korsett von ihrem Körper fallen. Betty reichte ihr eine weiße mit silberfarbenen Ornamenten und begann an ihrem Rücken zu schnüren. „Das klingt, als wäre es bereits spannend geworden. Wie lebt es sich überhaupt mit Jaqueline, diesem notgeilen

Luder?" kicherte Donna und Miriam wurde rot im Gesicht. Als die anderen beiden laut lachten, wurde Miriam warm am ganzen Körper und peinlich berührt schaute sie zu Boden. „Sie hat dich also schon rum gekriegt. Mach dir keine Sorgen. Das macht Jaqueline mit jedem hübschen Mädchen. Es hätte mich gewundert, wenn sie bei dir widerstanden hätte." kicherte Betty in ihr Ohr. Miriam standen die Nackenhaare zu Berge. „Sie macht das öfter?" fragte sie neugierig. „Jaqueline braucht das und Männer sind ihr meistens zu anspruchslos. Außer Maik. Mit dem treibt sie es ständig." plauderte Donna und kramte in einer Truhe mit verbilligten Dessous in Übergröße. „Ehrlich?" keuchte Miriam überrascht und erinnerte sich an den heutigen Morgen und Maiks makellosen nackten Körper. „Natürlich. Die beiden können gar nicht ohne einander, aber das gesteht sich ja keiner ein. Nicht, dass sie es nicht schon versucht hätten. Aber diese Beziehung war das totale Chaos. Schade, denn eigentlich sehen die beiden zusammen wunderbar aus." tratschte Donna weiter und sah Miriams Outfit kritisch an. „Mädchen, du hast wirklich eine umwerfende

Figur und das kleine Stück Stoff sieht einfach nur heiß an dir aus." stellte der Transvestit fest und klatschte in die Hände. Betty nickte zustimmend. Donna sah die Rockabilly prüfend an. „Sag mal, wie siehst du heute überhaupt aus?" fragte sie provokant. Betty wandte sich ab und antwortete nicht. Donna folgte ihr durch den Laden und verschränkte die Arme. „Es ist nichts, Donna." knurrte Betty, riss Miriam das Korsett vom Leib und räumte die Dessous aus der Umkleidekabine weg. „Wir sind fertig, Miriam." murmelte Bett stumpf und verschwand im Lager. Donna und Miriam sahen sich verwundert an. „Betty, Sweetheart. Du weißt, dass du mir nichts vortäuschen kannst." rief Donna in das Lager hinein, doch ihre Antwort war nur das Stampfen von Betty Pumps. Donna seufzte genervt und sah Miriam dabei zu, wie sie sich wieder anzog. „Hast du es auch schon mit Maik getrieben?" fragte die Blondine unvermittelt; Miriam stockte in ihrer Bewegung und sah sie mit großen Augen an. Donna zuckte unschuldig mit den Schultern und Miriam drehte sich von ihr weg. „Also ja." hörte sie den Transvestiten flüstern. Betty kam aus dem Lager und wischte sich ein paar Tränen aus dem Gesicht. „Phillip hat Schluss gemacht." schluchzte sie und fiel Donna in die Arme. Miriam fühlte sich fehl am Platz und kramte verlegen nach Taschentüchern, die sie Betty stumm reichte. „Ach Kindchen, habe ich dich nicht gewarnt?" seufzte Donna und setzte ihre Freundin auf den Hocker in der Umkleidekabine. Betty griff ein Taschentuch und schnaubte laut. „Natürlich hast du das. Aber er war immer so süß zu mir und der Sex war genial! Ich dachte, wir passen perfekt zusammen." weinte Betty und vergrub ihr Gesicht in ihren Händen. Donna bückte sich zu ihr herunter und tätschelte Bettys Schulter. „Ach, Liebes. Du hast dich da total verrannt. Ich schlage vor wir zeigen Miriam heute Abend ein bisschen mehr von Berlin und betrinken uns sinnlos." schlug Donna begeistert vor und sah Miriam an. „Ich weiß nicht, ich war gestern sehr betrunken…", begann Miriam. „Nein, nein, nein. Keine Widerrede, Fräulein. Wenn du ein echtes Berliner Mädchen werden willst, darfst du dich von einem Kater nicht vom Feiern abbringen lassen. Wir gehen feiern. Sag Jaqueline Bescheid, dass ich sie nachher nochmal anrufe. Am besten du gehst jetzt schon mal und lässt dir von Jaqueline zeigen, wie man sich anständig schminkt. Du läufst ja rum wie eine graue Maus." sagte der Transvestit kopfschüttelnd und scheuchte Miriam aus dem Laden. Verdattert stand sie vor der Eingangstür und sah Donna nach. Diese wandte sich ab, setzte sich erneut zu Betty und nahm sie tröstend in den Arm.

Probier es exotisch

„Karaoke? Ich soll singen?" rief Miriam entsetzt, als sie den Fön ausstellte und sich im Badezimmerspiegel ansah. „Wir singen alle." brüllte Jaqueline aus dem Flur zurück. Seufzend griff Miriam nach einem Kamm und zupfte an ihren Haarsträhnen herum. „Warst du noch nie in einer Karaokebar?" fragte Jaqueline, als sie in einem weißen BH und in einem schwarzen Minirock durch die Tür trat. Miriam schüttelte den Kopf, ihr Handtuch fiel zu Boden und sie stand nackt im Zimmer. Interessant fand sie, dass es sie nicht störte vor Jaqueline nackt zu sein. Sie fragte sich, ob es ihre Mitbewohnerin anmachte. Aber Jaqueline beachtete sie gar nicht, sondern schminkte ihre Augen schwarz. „Es ist richtig lustig und mit einem Gläschen Sekt ganz einfach. Alle machen sich zum Deppen, deswegen ist es auch nicht ganz so peinlich." erklärte die Blondine und lächelte. Miriam zog eine Augenbraue hoch. Sie zweifelte an dem Spaß, weil sie wusste, wie schief sie sang. Da halfen ein paar Gläschen Sekt auch nicht. „Vielleicht eine Flasche…" murrte Miriam und sah Jaqueline beim Schminken zu. Jaqueline fühlte sich beobachtet und sah Miriam fragend an. „Was ist?" fragte sie leicht gereizt. „Kannst du mir beibringen, wie ich mich richtig schminke?" fragte Miriam unsicher. Jaqueline lächelte besänftigt und drückte Miriam Pinsel und hautfarbenes Puder in die Hand. „Erst einmal grundieren wir, dann zeige ich dir verscheiden Lidschattenfarben und Lippenstift. Glaub mir, das geht leichter als du denkst." meinte Jaqueline und wühlte in ihrer großen Kosmetiktasche herum.

„Heute Nacht lassen wir es krachen, Mädels! Ihr werdet vergessen, was wahr und wer ihr seid." kreischte Donna in ihrem schwarzen Damenkostüm mit goldenen Stickereien und goss Sekt in die leeren Gläser ein. Jaqueline schrie begeistert, reichte Miriam eines der Gläser und sie stießen an. Betty trug ein enganliegendes, kurzes blaues Kleid und hatte sich stark geschminkt. Jaqueline hatte Miriam angeleitet, damit sie sich selbstständig schminken konnte und das hatte sehr gut funktioniert. Die Brünette fühlte sich gut und nahm einen großen Schluck aus ihrem Glas. Jubelnd suchte Donna ein Lied aus und trällerte los, noch bevor das Lied begann. Sie sangen und tranken die ganze Nacht, bestellten mehrere Flaschen Sekt nach. Miriam war beschwipst und sah in den Augen der Frauen, dass es ihnen nicht anders ging. „Donna, lass uns zusammen Queen singen." quietschte Jaqueline und zog den Transvestiten nach vorn und nahm das Mikrophon. Miriam rückte zu Betty auf, die lächelnd vor sich her starrte. „Wie geht es dir?" nuschelte Miriam und versuchte sich auf Betty Gesicht zu konzentrieren. Sie zuckte mit den Schultern. „Weißt du, ich dachte wirklich, dass es mit diesem Typen funktionieren würde. Aber ich muss leider immer wieder feststellen, dass alle Männer gleich sind. Sex ja, aber bloß keine Beziehung!" meckerte Betty und trank ihr Glas in einem Zug leer. „Ich muss dir ehrlich sagen: ich denke, das liegt an dieser Stadt!", bekannte Miriam und nippte an ihrem Sekt. Der Raum schien sich leicht zu drehen, doch zu Miriams Verwunderung, gefiel ihr das wohlig warme Gefühl, dass sich in ihrem Körper ausbreitete. „Was liegt an Berlin?" fragte Betty halbherzig und wiegte sich langsam hin und her. „Na, dieses ganze Sexding. Ich hatte in 24 Stunden zwei Mal Sex mit Menschen, die ich eigentlich nicht mal richtig kenne. Ich meine, es war toll und die beiden sind auch sehr heiß. Aber normal ist das doch nicht, oder?" schwafelte Miriam und versuchte Betty anzuschauen. „Es ist Berlin, Kleines. Es wird Zeit, dass du dich locker machst. Du bist in Berlin, Miriam! Hier ist alles offener und freier! Das ist doch das geile an dieser Stadt. Du kannst hier endlich dein Leben leben." rief Betty begeistert und schwang ihre Arme hin und her. Miriam starrte ins Leere und dachte nach. Sie war der Meinung, dass Betty recht hatte und doch war sie mit ihrer neuen Lebensweise überfordert. Was sollte ihr noch alles passieren? Das Lied endete und Donna setzte sich zu den beiden, während Jaqueline bereits das nächste Lied trällerte. „So, ihr zwei Süßen. Wann singt ihr denn endlich?" fragte Donna und richtete ihre Hochsteckfrisur. Miriam zuckte mit den Schultern und sah den Transvestiten bewundernd an. „Wie kannst du dich so gut schminken?" fragte sie. Donna lächelte stolz und antwortete: „Jahrelange Übung, Schätzchen. Glaub mir, bald kannst du so etwas auch. Du bist ein hübsches Mädchen, das sich mit etwas Make-Up noch ein bisschen schöner machen kann. Nutze das aus. Nicht jedem ist dieser Segen in die Wiege gelegt." Donna trank einen Schluck und umarmte Betty liebevoll. „Darf ich dich fragen, wie du dazu gekommen bist in Frauenkostümen herum zu laufen?" Miriam war ungeniert durch den Alkohol und froh darüber. Nüchtern hätte sie sich nie getraut zu fragen. Noch immer lächelte Donna und Miriam war froh, dass sie ihr diese Frage anscheinend

nicht übel nahm. „Hörst du diese Frage oft?" fragte
Miriam hastig. „Ich höre viel schlimmere Sachen. Mich
wundert es, dass du so milde über mich urteilst, obwohl
du aus einem Dorf kommst. Viele Frauen sind
angewidert, fast genauso wie die Männer. Aber wenn ich
die im Rudel erlebe, ist es manchmal schon gefährlich für
mich. Die Leute haben keinen Respekt. Dabei versuche
ich auch nur so zu sein, wie ich mich am wohlsten fühle.
Ich trage diese Kleidung, weil es genau das ist, was ich
bin." erklärte Donna und sah traurig zu Boden. Miriam
bekam Tränen in die Augen und nahm Donna abrupt in
die Arme. „Es tut mir so leid, dass du leiden musst. Ich
finde dich so nett und bin so froh, dass ich Leute
gefunden habe, die mich mögen. Ich hatte schon Zweifel,
dass ich zu langweilig für diese Stadt bin." schluchzte
Miriam und drückte die große Blondine fester. Donna
lachte leise in ihr Ohr und erwiderte die Umarmung. „Du
bist wirklich niedlich. Ich hoffe, dass du glücklich wirst."
murmelte sie und küsste Miriam auf die Wange. Sie sah
in die halb offenen Augen. „Stehst du eigentlich auf
Männer oder Frauen? Ich muss gestehen, dass du mich

verwirrst." nuschelte Miriam und sah Donna tief in die Augen. „Im Gegensatz zu vielen anderen bin ich flexibel. Es kommt darauf an wie der Mensch auf mich wirkt, nicht welches Geschlecht er hat." antwortete Donna. Miriam rückte näher. „Mich würde es ja mal interessieren, wie es ist mit dir rumzumachen." flüsterte die Brünette. Der Transvestit nahm ihr Gesicht in ihre Hände und küsste sie sanft auf die Lippen. Miriam war überrascht. Donnas Lippen schmeckten nach Kirsche und ihr Parfüm roch nach Vanille und Rosen. Sie ging zärtlich mit ihr um, das hätte Miriam nicht erwartet. Jaqueline riss Miriam herum und schimpfte: „Du kannst doch hier nicht mit jedem rummachen, nur um dich vor dem Singen zu drücken! Trink dein Glas aus und dann komm nach vorne." Ihr wurde ein Glas in die Hand gedrückt, sie stieß mit ihrer Mitbewohnerin an und beide leerten ihre Gläser. Jaqueline hievte sie hoch und zog sie nach vorne. Miriam wackelte auf ihren hohen Schuhen, deswegen hielt sie sich an Jaqueline fest, die genauso verzweifelt ihr Gleichgewicht suchte. Gemeinsam sangen sie ´Yesterday´ von den Beatles und fielen danach erschöpft auf das Sofa. Betty stand auf und sang eine herzzerreißende Ballade von Celine Dion. Jaqueline drehte sich zu Miriam und flüsterte: „Du hast dich wacker geschlagen und nicht so schlecht gesungen wie ich." Miriam kicherte: „Dank dem Alkohol ging alles gut. Der ölt die Stimme. Aber du singst doch super! Bist du auch angetrunken?" Jaqueline nickte lachend und warf sich nach hinten. Miriam legte sich kichernd neben sie und legte ihre Arme um die Blondine. „Ich bin froh, dass ich jemanden wie dich hier gefunden habe. Du zeigst mir eine andere Welt, Jacky. Ich fühle mich endlich frei." flüsterte die Brünette und strich ihrer Mitbewohnerin eine Strähne aus dem Gesicht. „Ich würde jetzt gerne mit dir in einen Raum verschwinden, in dem wir alleine sind." gestand Jaqueline und leckte sich die Lippen. „Da lässt sich doch sicherlich etwas finden." meinte Miriam leise lachend. „Ich würde es sogar hier mit dir treiben, aber ich weiß nicht wie die anderen beiden darauf reagieren würden." kicherte die Blondine und ihre Mitbewohnerin zuckte gleichgültig mit den Schultern. ‚Und wenn wir es auf der Toilette treiben, wäre es mir egal." sagte Miriam.

„Das ist die Idee!" rief Jaqueline, setzte sich auf und zog Miriam mit. Gemeinsam torkelten sie durch die Bar und merkten, dass sich zu der Zeit niemand auf der Damentoilette befand. Jaqueline torkelte zu einer Toilettenkabine, klappte den Toilettendeckel herunter und winkte Miriam zu sich. Beide kicherten. Miriam hatte das Gefühl etwas Verbotenes zutun und genoss es. Jaqueline drückte sie an die verschlossene Toilettentür und küsste sie. Miriam spürte ihre Zunge in ihrem Mund und ihren Atem an ihrem Gesicht. Benommen und scharf ließ sie sich treiben, küsste die Blondine innig und hielt an ihrem Rock fest. Plötzlich merkte sie, wie sie feucht wurde und kam auf die Idee, Jaqueline unter den Rock zu fassen. Überrascht stellte sie fest, dass ihre Mitbewohnerin keinen Slip trug. Erregt keuchte die Blondine, während Miriam langsam an ihrem Kitzler rieb. „Oh Gott! So etwas Geiles habe ich für heute Abend gar nicht erwartet, Miri. Du bist so gut zu mir." hauchte Jaqueline und biss vorsichtig in Miriams Hals. Diese bekam eine Gänsehaut und rieb intensiver. Jaqueline krümmte sich vor Lust und keuchte in Miriams Ohren.

Die Blondine krallte sich mit der linken Hand in Miriams Rücken und ihre rechter glitt in den Jeansschritt. „Oh Gott." keuchte Miriam und stockte. „Nenn mich Jacky." kicherte ihre Mitbewohnerin und rieb an ihrem Schritt. „Du machst mich so an." flüsterte Miriam und schlüpfte mit ihrer linken Hand in Jaquelines Oberteil und massierte ihre Brüste. Vorsichtig schob sie das Oberteil nach oben bis eine Brust frei lag und knabberte behutsam an Jaquelines Nippel. Diese stöhnte und drückte ihre Zunge in Miriams Mund, nachdem sie ihren Kopf von den Brüsten weg gezogen hatte. „Mach mich nicht wahnsinnig.", keuchte Jaqueline überrascht. „Warum bist du so gut?" „Weil ich weiß, was du willst, Jacky." murmelte Miriam und öffnete den Reißverschluss des Rockes. Schwungvoll warf sie Jaqueline auf den geschlossenen Toilettendeckel und sah sie siegessicher an. Unten ohne saß die Blondine breitbeinig vor ihr und sah Miriam fordernd an. Begierig hockte sie sich vor Jaqueline und leckte an ihren Schamlippen. Noch nie zuvor hatte sie so etwas getan und doch fühlte es sich gut an. Sie spürte an ihrer Zunge, das Jaqueline feucht wurde, sie vernahm lustvolles Stöhnen und leckte intensiver. Erregt krallte sie sich in Jaquelines gebräunten Oberschenkeln fest und stöhnte leise mit ihr. Mit zwei Fingern spreizte sie Jaquelines Schamlippen und leckte vorsichtig an ihrem Kitzler Sie ahnte, was die Blondine wollte, da sie selbst eine Frau war und schien damit richtig zu liegen. In ungleichmäßigem Rhythmus leckte sie an den Schamlippen und dem Kitzler der Blondine, steckte zwei ihrer Finger in Jaquelines Muschi und bewegte sie schnell auf und ab. Ihre Mitbewohnerin bemühte sich immer mehr nicht laut zu stöhnen oder zu schreien, doch Miriam forderte sie und das gefiel ihr. „Du bist so gut." flüsterte Jaqueline und zitterte am ganzen Körper. Miriam lächelte. Sie brachte eine Frau in Ekstase ohne zu wissen, was genau sie tat und ihr gefiel es. Die Blondine zitterte immer mehr. „Ich werde deinen Orgasmus so lange verzögern, dass du mich dafür hassen wirst." kicherte Miriam in Jaquelines Ohr und küsste sie. Jaqueline fluchte während ihres Orgasmus´ und Miriam liebte es. Als sie zurück zu ihrem, gemieteten Karaokeraum gingen, mussten sie feststellen, dass Betty und Donna bereits gegangen waren. Lachend riefen sie sich ein Taxi, küssten und befummelten sich zur Freude des Taxifahrers und fielen in Jaquelines Himmelbett. Miriam wurde noch nie so gefühlvoll geküsst und ließ sich von Jaqueline fingern, hatte mehrere Finger in ihrem Loch stecken und bekam einen umwerfenden Orgasmus geliefert. Erschöpft schliefen sie Arm in Arm ein.

Steif

Miriam fühlte sich widerlich. Ihre Haare stanken nach Rauch, sie hatte leichte Kopfschmerzen und fühlte sich unwohl in ihren verrutschten, engen Kleidern. Jaqueline schlief dicht an ihr und sie sah sie fasziniert an. Vorsichtig befreite Miriam sich und kroch aus Jaquelines breiten Bett. Leise ging sie in das Badezimmer, schmiss ihre stinkenden Sachen in eine Ecke und stellte sich unter das heiße Wasser. Allmählich entspannten sich ihre Gliedmaßen und sie dachte an die letzte Nacht. Jaqueline war heiß und ihr sympathisch, und doch war Miriam durcheinander. Sie war nicht mal ein ganzes Wochenende in Berlin und schon hatte sie so viel erlebt. So viel Sex mit Leuten gehabt, die sie eigentlich gar nicht richtig kannte. Miriam schauderte es. So kannte sie sich gar nicht und ihr Verhalten verstörte sie. „Wird das hier jeden Tag so gehen? Ich glaube, ich wechsle die WG." murmelte sie vor sich hin und rieb sich die Augen.

Als sie auf den Flur schaute und die Stille vernahm, vermutete sie, dass Jaqueline noch schlief. Miriam kleidete sich in ihrem Zimmer an und schmiss sich auf ihr Bett. Seufzend starrte sie an die Decke und ließ die letzten Tage Revue passieren. „Als hätte ich eine andere Person gespielt." dachte sie und räkelte sich nervös. Als sie sich zur Seite drehte, fiel ihr das unordentliche, leere Zimmer auf. Genervt rappelte Miriam sich auf und räumte ihre Unterwäsche in die bereits aufgebaute Kommode. Während Miriam die Unterwäsche fein säuberlich zusammenlegte, musste sie feststellen, dass sie nichts Außergewöhnliches zum Anziehen hatte. Sie schaute sich um und auf einmal gefiel ihr ihr gesamter Kleiderschrank nicht mehr. Deprimiert knallte sie die oberste Schublade zu und ging in die Küche, um sich einen Tee zu machen. Jaqueline saß auf dem Fenstersims und rauchte eine Zigarette. Ihre Tränensäcke waren leicht geschwollen und ihr Make-Up war im ganzen Gesicht verschmiert. „Wie geht es dir?" fragte Miriam besorgt. Jacqueline zuckte mit den Schultern und wandte sich ab. Verwundert suchte Miriam im Hängeschrank nach einem Teebeutel und einer großen Tasse. „Hast du einen Kater?" fragte sie neugierig und sah Jaqueline wieder an. „Ja, ein bisschen. Ich trinke nicht gerne Sekt. Aber Donna überredet mich immer wieder." krächzte die Blondine mit heiserer Stimme. Miriam lächelte. „Donna ist lustig. Mit ihr hat man scheinbar viel Spaß." merkte Miriam an und stellte den Wasserkocher an. „Donna ist die Beste! Ich habe noch nie einen so lebensfrohen und offenen Menschen erlebt wie sie. Schade, dass sie so viel durchmachen muss wegen ihrem Aussehen." meinte Jaqueline traurig und zog ein letztes Mal an ihrer Zigarette und drückte sie aus. „Wie geht es dir?" fragte sie und sprang vom Fenstersims. Miriam lächelte sie an. „Eigentlich ganz gut, bis auf die Kopfschmerzen."

antwortete Miriam und kicherte. „Du bist süß." murmelte die Blondine und ging in ihr Zimmer. Miriam schüttelte ungläubig den Kopf und sammelte im Bad ihre Sachen auf, warf sie in ihr Zimmer und setzte sich in die Küche. Genüsslich roch sie an dem Kamillentee und wärmte sich an der Tasse ihre Hände. Ihr war flau im Magen und sie musste sich eingestehen, dass es an Jaquelines abweisender Art lag. Dennoch traute sie sich nicht hinter ihr herzugehen und nachzufragen. Vermutlich bildete sie sich zu viel ein.

Erschrocken zuckte sie zusammen, als ihr Handy neben ihr auf dem Tisch zu vibrieren begann. Die unbekannte Nummer machte sie stutzig, aus diesem Grund hob sie vorsichtig ab. „Miriam." meldete sie sich kurz angebunden und hörte Jazzmusik im Hintergrund. „Hey, hier ist Betty. Wie geht es dir?" grüßte eine fröhliche Stimme am anderen Ende. „Ganz gut und dir? Du hast meine Handynummer?" fragte die Brünette verdutzt. „Jaqueline hat sie mir gestern gegeben, bevor ihr verschwunden seid. Mich würde ja brennend interessieren, wo ihr zwei Täubchen hin gegangen seid."

kicherte die Rockabilly durch das Telefon und Miriam errötete. „Naja, soweit waren wir nicht von euch weg." flüsterte sie verlegen. Betty lachte. „Gut, ich werde gar nicht weiter fragen. Ich kenne Jaqueline schon etwas länger und kann es mir eigentlich denken. Ich wollte dich eh etwas anderes fragen.", begann die Schwarzhaarige, Miriam rutschte nervös auf ihrem Stuhl hin und her. „Frag mich." presste sie verunsichert zwischen den Lippen durch. „Willst du bei mir im Laden arbeiten?" Miriam stutzte. „In deinem Laden?" hakte sie nach. „Ja, ich könnte jemanden gebrauchen, der mir aushilft. Verkauf eben und wenn du noch Lust hast auch Fotomodell." bot sie Miriam an. Diese antwortete vor Überraschung nicht und als nach einiger Zeit noch immer keine Antwort kam, meldete sich Betty zu Wort: „Bist du noch da?" Innerlich schreckte sie zusammen und stammelte: „Ja, entschuldige. Ich muss gestehen, ich habe jetzt mit etwas schlimmeren gerechnet." „Schlimmeren?" Betty war verwirrt. „Ja, nimm es mir nicht übel. Aber irgendwie bin ich leicht verstört von Berlin." Gestand Miriam und schluckte. Die Rockabilly lachte laut auf und meinte: „Sei doch nicht so. Als ob wir alle sexbesessene Monster wären! Jaqueline verdirbt dich schon nach wenigen Tagen. Aber mal ehrlich: Du brauchst doch sicherlich Arbeit, um deinen Lebensunterhalt zu verdienen. Oder sind Mama und Papa reich?" „Nein, sind sie nicht. Sie haben lange für mein Studium gespart. Du hast schon Recht: ich könnte das Geld gut gebrauchen. Ich habe bis jetzt aber nur gekellnert." antwortete sie kleinlaut und nahm einen Schluck von ihrem Tee. „Das macht nichts. Der Verkauf ist wie kellnern. Du musst gut aussehen, die Speisekarte auswendig können und dem Kunden geschmackvoll die Produkte präsentieren." erklärte die Rockabilly. Miriam fand, dass sie das geschmackvoll verpackte und willigte ein. „Wann soll ich anfangen?" fragte sie aufgeregt. „Montag." schlug Betty vor. Miriam schüttelte den Kopf und meinte: „Ich bin nur etwas früher her gezogen, um mich schon einrichten zu können. Die Kurse beginnen erst in einer Woche." „Sehr gut, dann Montag 10 Uhr?" fragte ihre neue Chefin. „Alles klar, Chef. Bis Montag." verabschiedete sich Miriam und legte auf.

Plötzlich hörte sie die Türklingel und stand auf. An der Wohnungstür stand Jaqueline und sah sie an: „Das ist für mich." Sie öffnete die Tür und Maik trat ein. Miriam schluckte. Er hatte ihr gerade noch gefehlt. Beschämt senkte sie den Kopf, denn sie war sehr verwirrt durch die letzten Tage. „Hallo Maik." begrüßte sie ihn schüchtern. „Hey Süße. Machst du bei uns mit?" fragte er frech und zeigt auf Jaquelines Zimmertür. Die Blondine packte ihn am Arm und lachte: „Nein, du bist nur für mich gedacht. Ich brauche mal wieder einen richtigen Kerl." Beide verschwanden in ihrem Zimmer ohne Miriam eines Blickes zu würdigen. Entsetzt schaute sie ihnen nach.

Nur eine Nacht

Jaqueline stöhnte und schrie, als müsste sie beweisen, dass sie guten Sex hätte. Diese Auffassung hatte Miriam, während sie sich ihr Kopfkissen über die Ohren presste. Sie war genervt und fragte sich ständig, was Jaqueline ihr beweisen wollte. „Ich brauche mal wieder einen richtigen

Kerl." hatte Jaqueline gesagt und das verletzte Miriam. Sie verstand nicht, aus welchem Grund die Blondine so vorwurfsvoll geklungen hatte und was ihr Problem war. Gereizt warf Miriam das Kissen weg, stand auf, schnappte sich ihre Handtasche und zog sich ihre helle Lederjacke über. „Diesen Unsinn höre ich mir nicht weiter an. Wenn sie meint mich ärgern zu können, hat sie sich in ihr eigenes Fleisch geschnitten." murrte sie und verließ die Wohnung, indem sie die Wohnungstür laut knallen ließ. Ratlos stand sie vor dem alten Gebäude und sah die Straße herunter. Wo sollte sie jetzt hin? Sie könnte Betty anrufen. Kopfschüttelnd verwarf sie diesen Gedanken, denn Betty würde nur über den Typen sprechen wollen, der sie versetzt hatte. Miriam fühlte sich in diesem Moment nicht für so ein Gespräch in der Lage. Sie war bedrückt, obwohl sie sich den Grund nicht erklären konnte. Oder wollte. Jaqueline gefiel ihr. Niemals hätte sie erwartet je in ihrem Leben so auf ein Mädchen zu stehen. Umso trauriger machte sie Jaquelines verlangen nach Maik. Von allen Seiten hörte sie, dass die beiden angaben nur beste Freunde zu sein.

Doch Miriam ahnte wie Donna, dass mehr dahinter steckte. Nachdenklich streifte sie durch die Straßen und schaute sich die Gegend an. An manchen Schaufenstern blieb sie stehen und beobachtete die Menschen um sich herum und fühlte sich auf einmal einsam. Als sie Jaqueline über das Internet bei einer Wohnungsbörse für Studenten kennen gelernt hatte, waren sie sich sympathisch gewesen. Die Blondine hatte auf sie freundlich und zurückhaltend gewirkt. Ein Irrtum wie Miriam festgestellt hatte. Ihr kamen die Tränen und sie hatte einen kurzen Moment den Wunsch nach Hause zurück zu kehren und ihr Studium nicht zu beginnen.

Eine Hand umfasste fest ihre Schulter. Die Brünette zuckte zusammen und schnellte herum. Vor ihr stand Donna, breit lächelnd in einem türkisfarbenen Damenkostüm und mit hochgesteckten Haaren. Wieder war sie auffällig geschminkt. „Herzchen, ich rede jetzt seit ein paar Minuten mit dir. Bist du high?" begrüßte der Transvestit Miriam und drückte ihr ein Küsschen auf jede Wange. „Entschuldige, ich war in Gedanken." murmelte Miriam verlegen und blinzelte ihre Tränen aus den

Augen. „Prinzessin, du siehst nicht gut aus. Ich kenne
hier ein nettes kleines Café um die Ecke. Lass uns dahin
gehen." schlug Donna vor, kramte aus ihrer Handtasche
ein Stofftuch, das nach Rosen roch und reichte es
Miriam. Sie nahm es dankend entgegen und schnaubte
ihre Nase. Verlegen sah sie den Transvestiten. „Behalte
das Tuch. Jeder sollte eine Erinnerung an die reizende
Art eines Transvestiten haben." lachte die große
Blondine und zog Miriam über die Straße. An der Ecke
war ein kleines Café, die 'Goldene Kirsche' genannt. Die
Kellner waren in schwarz gekleidet mit goldenen Fliegen
um den Hals und goldenen Manschetten. Auf ihren
Hemden waren ihre Namen Gold bestickt. Miriam fühlte
sich in dieser eleganten Umgebung fehl am Platz, wollte
Donnas Wahl jedoch nicht widersprechen. Eine junge
Kellnerin, mit dunklem zusammengebundenen Haar, auf
deren Hemd 'Melissa' stand, begrüßte Donna wie eine
alte Freundin und wies ihnen einen Platz am Fenster in
der hintersten Ecke zu. „Mein Stammplatz." erklärte der
Transvestit stolz. Beide setzten sich und ließen sich
stilles Wasser in ihre langstieligen Gläser eingießen. „Ich

fühle mich hier nicht wohl, Donna. Ich denke nicht, dass ich mir hier einen Kaffee leisten kann." flüsterte Miriam verschüchtert. „Donna winkte ab und lachte: „Mach dir keine Sorgen, Prinzessin. Ich zahle. Ich komme gerade von einem Geschäftsgespräch und habe einen ganz großen Deal geangelt." Donna strahlte, Miriam sah sie fasziniert an. „Das brauchst du nicht zu tun. Ich kann mir hier schon etwas Kleines leisten." stammelte die Brünette, doch Donna schüttelte energisch den Kopf. „Häschen, glaub mir. Ich habe das Geld." meinte Donna und ließ sich eine Menükarte reichen. Verlegen blätterte Miriam in ihrer und stockte den Atem, als sie die Preise sah. „Gib uns ein paar Minuten, Melissa." bat Donna und die Kellnerin verschwand wieder. „Hast du heute schon etwas gegessen?" fragte der Transvestit. „Nein, irgendwie hatte ich heute keinen Hunger." murrte Miriam kleinlaut. „Was hat Jaqueline angestellt?" fragte Donna unvermittelt und sah die Brünette kritisch an. „Wie kommst du darauf, dass Jaqueline etwas getan hat?" Miriam war überrascht. Donna zog beleidigt eine Augenbraue hoch. „Wir haben doch schon über Jaqueline gesprochen, oder? Sie kann zuckersüß sein, aber das ist sie nicht gerne." erklärte die Blondine kühl. Miriam sah in ihre Karte und suchte energisch nach etwas, das sie sich bestellen konnte. „Du musst verstehen, dass Jaqueline sehr auf Frauen steht. Und doch muss sie unbedingt ihr Revier markieren und will permanent das Gefühl haben, dass sie das Alphatier ist. Sie wird panisch, wenn sie die Kontrolle verliert." meinte Donna und stützte ihren Kopf auf ihre verschränkten Hände. „Was habe ich ihr denn getan? Sie wollte ja, dass ich bei ihr einziehe!" keifte Miriam und schlug die Menükarte zu und warf sie neben sich auf den Tisch. „Ihr seid vermutlich auf einer Wellenlänge gewesen und du siehst heiß aus. Ihr Kopf funktioniert wie der eines Mannes. Zuallererst denkt sie an Sex und nicht an jegliche andere Konsequenzen. Sie wollte dich rumkriegen, was sie ja offensichtlich geschafft hat. So schnell wie ihr auf dem Klo verschwunden seid, ziehe ich nicht mal meinen Lidstrich nach. Nimm es mir nicht übel, Kleines. Aber man merkt dir an, dass das hier alles neu für dich ist und du es ganz schön nötig hast." gackerte Donna vergnügt.

„Wie bitte!" keuchte Miriam geschockt. „Nimm es mir wirklich nicht übel. Du bist eben aus einer Kleinstadt. Wenn man sein Leben lang nichts zu essen bekommen hat, muss man sich in Freiheit erst einmal den Bauch vollschlagen bis man sich übergibt." erklärte die Blondine beschwichtigend. Die Kellnerin Melissa eilte an ihren Tisch und sah beide erwartungsvoll an. Donna ließ der sprachlosen Miriam den Vortritt. „Ich… nehme einen Milchkaffee und… ein ´süßes Croissant´." stammelte die Brünette. „Ich hätte gerne ein Sektfrühstück, Melissa. Aber den Lachs mit Honig-Senf-Sauce, kein Meerrettich." sagte Donna knapp und reichte Melissa ihre Karte. Die Kellnerin verzog sich schleunigst, Donna wandte sich der entsetzten Miriam zu. „Du bist eingeschnappt." stellte der Transvestit fest und trank einen Schluck Wasser. „Nein, bin ich nicht." Zischte Miriam und verschränkte die Arme. „Ach, komm schon. Du fährst voll auf Jaqueline ab, oder nicht?" sagte Donna mit einem durchdringenden Blick. Miriam errötete, sah die Blondine vor sich kurz an und antwortete knapp: „Ja, sie ist interessant.". „Sie ist vor allem ein heißes Ding mit Ahnung und großer Verführungskunst, das den Hals nicht vollkriegt. Glaub mir, wir alle stehen auf Jacky und du hattest eben das Glück, es mit ihr treiben zu können. Aber auch der tätowierte Megabusen fliegt mal hin. Vor kurzem ist sie mit einem älteren Mann angebandelt. Wochenlang ging das. Dann hat er sie in der Großküche eines Restaurants neben der Fritteuse gevögelt und sie eiskalt fallen lassen für seine Ehefrau." kicherte der Transvestit. „Sie nutzt mich also nur aus, weil sie selbst ausgenutzt wurde." stellte Miriam enttäuscht fest. Donna sah sie nachdenklich an und murmelte vorsichtig: „Prinzessin, du bist hier in einer anderen Welt. Die rosa Wölkchen sind verflogen, der Regen hier in Berlin kann ganz schön bitter schmecken. Du solltest aufhören zu träumen und endlich aufwachen. Ich denke, dass du stark genug bist, um in diesem Dschungel zu überleben. Aber du musst auch mal etwas tun und nicht nur das unschuldige Schulmädchen spielen." zischte der Transvestit energisch. „Das unschuldige Schulmädchen? Du denkst, ich spiele eine Rolle?" flüsterte Miriam aufgebracht und beugte sich vor. „Du vögelst eine Frau, du vögelst einen Kerl. Und bist gerade einmal ein paar Tage hier. Das zeugst nicht gerade von Unschuld, Liebes." Donna hatte schlagfertige Argumente und das bestürzte Miriam. Verwirrt sah sie zu Boden und dachte über ihr Selbstbild nach. Täuschte sie ihre Unsicherheit nur vor und war in Wirklichkeit eine unerträgliche Schlampe?

„Ich weiß nicht, was ich sagen soll…" hauchte Miriam verzweifelt. „Trink erst einmal einen Schluck Kaffee und iss etwas auf den Schock." schlug die Blondine vor, während Melissa hinter Miriam auftauchte und eine Tasse Kaffee und das Croissant mit Butter und Marmelade brachte. „Du bekommst nicht zuerst? Du scheinst hier doch bekannt zu sein." Wunderte sich Miriam leise. „Du bist immer noch mehr Lady als ich. Hier wird nach alten Manieren serviert." zwinkerte der Transvestit und nahm dankend das Glas Sekt entgegen, als die Kellnerin mit vollen Händen zurückkehrte. Sie prostete der Brünetten zu und nahm einen kleinen Schluck. Obwohl ihr flau im Magen war, zwang sich Miriam zum Essen. Das Croissant war warm, die

Marmelade cremig und der Kaffee weder zu stark, noch zu schwach. Und doch schmeckte alles gleich für sie. Viel zu sehr war sie mit ihren Überlegungen beschäftigt. „Vielleicht passe ich einfach nicht in eine Großstadt. Ich nehme wirklich den Mund zu voll." nahm sie traurig an. Donna verdrehte die Augen und stöhnte: „Ich bitte dich. Jetzt zerfließe nicht in Selbstmitleid. Was redest du denn für einen Blödsinn? Du bist aber auch steif wie ein Laternenmast. Werde lockerer; leb damit, dass Jacky Konkurrenz in dir sieht und sei stolz drauf!" befahl der Transvestit und zerschnitt ihr Lachsbaguette mit Messer und Gabel. „Was willst du denn nun von mir?" fragte Miriam verzweifelt. Donna sah sie an und seufzte: „Prinzessin, sei kein Spießer. Stell dich nicht so an! Und sei einfach frei."

Konkurrenzkampf

„Darf ich dich etwas fragen?", begann Miriam vorsichtig, nachdem ihr Geschirr abgeräumt wurde und sie sich einen Orangensaft bestellt hatte. Donna tupfte sich den Mund mit einer Stoffserviette ab und nickte. „Warst du schon immer ein Transvestit?" Die Blondine lachte laut auf. Erschrocken zuckte Miriam zurück. „Du glaubst nicht ernsthaft, dass ich in diesem Kostümchen aus dem geheiligten Leib meiner Mutter entsprungen bin?" fragte die Blondine amüsiert und Miriam schüttelte den Kopf. „Auch ich komme aus einem kleinen, intoleranten Dorf voller Spießer und unzufriedener Generationen. Nachdem ich meinen Schulabschluss hatte, bin ich geflüchtet und Berlin hat mich mit einer herzlichen Umarmung aufgenommen. Damals war ich 18 und wollte unbedingt eine Ausbildung als Kosmetiker anfangen. Das ist schon wieder 10 Jahre her, ich kann es kaum glauben.", erzählte Donna und schaute verträumt aus dem Fenster, nahm ihren letzten Schluck Sekt. „Als ich am Hauptbahnhof ankam, hatte ich immer noch den Streit mit meinem Vater im Kopf. Ich bin ein verstoßenes Kind, Liebchen. Ohne Unterstützung musste ich überleben. Und glaube mir, Berlin kann ein gefräßiges Monster sein. Wenn es dich verschlingt, dann gehst du unter und stirbst unter einer Brücke. Deswegen rate ich dir, du selbst zu sein. Du gewinnst nur, wenn du für dich kämpfst." „Wie soll ich für mich kämpfen? Ich weiß nicht mal, worum ich kämpfen soll." fragte Miriam störrisch. Donna verdrehte die Augen und winkte die Kellnerin zu sich heran. „Bring uns bitte 2 Gläser Sekt. Diese Unterhaltung braucht mehr Schwung." rief sie und einige Gäste drehten sich pikiert zu ihnen um. Melissa bediente sie schnellen Schrittes, Donna stieß mit Miriam an und trank einen großen Schluck von dem Sekt. Die Brünette nippte verstohlen an ihrem Glas und sah sich schüchtern um. „Diesen Blick kannst du dir gleich sparen, Prinzessin.", fauchte Donna gereizt und fuchtelte mit einem Finger vor sich herum. „Du bist ein verlegener Spießer und das passt nicht in dein neues Leben. Wie alt bist du?" „20." antwortete Miriam verschreckt. „Du bist 20 Jahre alt und lebst in Freiheit. Das können viele Menschen in ihrem ganzen Leben nicht behaupten. Du solltest dir in Bettys Laden ein paar reizende Fummel kaufen und den Mut zusammen bringen auf der Straße darin rumzulaufen." schlug Donna vor. „Ich arbeite ab Montag bei ihr im

Laden." murmelte Miriam. „Perfekt!", Donna klatschte in die Hände. „Da hast du genügend Zeit, dir etwas auszusuchen. Und das nimmst du dann mit nach Hause und ich komme vorbei und schau es mir an." bestimmte der Transvestit und rief die Kellnerin erneut zu sich. „Ich möchte gerne zahlen. Alles auf eine Rechnung." „Das brauchst du nicht zu tun. Ich kann meinen Teil selbst bezahlen." meinte Miriam, aber die Blondine winkte ab. „Du machst dir schon mal Gedanken über den heißen Catwalk, den du Montag für mich hinlegst und ich bezahle die Rechnung." kicherte der Transvestit und reichte Melissa ein üppiges Trinkgeld. Strahlend verabschiedete sie sich mehrmals von ihnen, während sie mit viel Aufsehen das Café verließen. „Also gut, Liebes. Lass dich nicht ärgern. Provozier Jacky lieber noch ein bisschen, das finde ich viel lustiger." lachte Donna und umarmte Miriam zum Abschied. Verdattert drehte sie sich um und ging nach Hause.

In Gedanken versunken schloss sie die Haustür auf, schleppte sich über die knarzenden Holzstufen und lauschte im zweiten Stock an ihrer Wohnungstür. Da nichts zu hören war, öffnete sie skeptisch die Tür, schaute durch den leeren Flur und schlich sich an der Küche vorbei in ihr Zimmer, am anderen Ende des Flurs. Sie atmete tief durch und lehnte sich gegen ihre Zimmertür. Erneut fiel ihr ihr leeres Zimmer auf und immer weniger fühlte sie sich hier wohl. Sie dachte an Jaquelines genervtes Gesicht, als sie heute Morgen aus ihrem Zimmer gekrochen kam. Sie hatte gehofft in der blonden Schönheit eine Freundin zu finden, durch die sie sich in ihrer neuen Freiheit bestätigt fühlen konnte. Miriam fühlte sich allein gelassen und ihr kamen erneut die Tränen.

Wütend schmiss sie einige Sachen in ihre Kommode und baute ihren Kleiderschrank auf. Es kümmerte sie nicht, dass sie Lärm machte und fluchend durch das Zimmer lief. Sollte Jaqueline ruhig herein kommen und einen Streit anzetteln, Miriam war gewappnet. Schwer atmend schraubte sie mit ihrem eigenen Werkzeug, das ihr ihr Vater vor ihrem Auszug zusammengestellt hatte, ihren weißen Kleiderschrank zusammen und war am Ende verschwitzt und müde. Provokant zog sie sich nackt aus und stolzierte aus dem Zimmer. Fast hoffte sie Maik im Flur anzutreffen und Jaqueline eifersüchtig machen zu können, aber niemand war in der Wohnung anzutreffen. Es war still. Schulterzuckend verschwand sie im Bad und stellte sich unter die Dusche. Zuerst ließ sie kühles Wasser laufen, wodurch ihre Nippel schlagartig hart wurden, dann stellte sie die Dusche in wenig wärmer ein. Begeistert betrachtete sie ihre Brüste und fuhr mit ihrer linken Hand darüber. Sanft streichelte sie ihre Brustwarze und biss sich genüsslich auf die Unterlippe. Zärtlich kratzte sie sich am Bauch, strich über ihre weiche, feuchte Haut, kniff sich kichernd in die Arschbacke. Sie rieb sich mit ihrem Duschgel mit Mangoduft ein und sog den süßen Duft durch ihre Nase ein, schloss die Augen. Ihre rechte Hand glitt an ihrem nassen Bauch vorbei, hinunter zu ihrem rasierten Kitzler und rieb rhythmisch mit ihren Zeige- und Mittelfinger darüber.

Keuchend stützte sie sich mit der anderen Hand an der kalten, nassen Wand ab und rieb immer heftiger. Erregt steckte sie ihre zwei Finger in ihre Fotze, die bereits feucht war. Begierig schob sie sie vor und zurück und war erregt von dem Kribbeln in ihrem Unterleib.

Stöhnend drückte sie sich kräftiger von der Wand ab und fuhr mit ihren Fingern voller Schleim über ihren Kitzler. Sie drückte ihre Beine durch und legte stöhnend ihren Kopf in den Nacken. Ihre braunen Haarspitzen kitzelten im Lendenbereich. Leise kichernd bewegte sie ihren Kopf hin und her und rieb an ihren Schamlippen. Ihr Kitzler kribbelte, Miriam bewegte ihre Finger schneller und schneller. Das Kribbeln strahlte durch ihren gesamten Körper, ihr Keuchen erreichte höhere Töne. Sie fühlte sich wie eine geheime Opernsängerin und lachte in ihren Orgasmus hinein. Ihre Oberschenkel zitterten vor Erregung, Miriam war erschöpft. Sie rieb sich die Hände unter dem Wasserstrahl sauber und griff wieder nach ihrem Duschgel. Etwas Erdbeerspülung auf ihre Hände und sie fuhr damit durch ihre nassen Haare. Sie atmete tief durch und fühlte sich befreiter. Entspannt rieb sie ihre Augen und stellte das Wasser ab. Vorsichtig tupfte sie ihren Körper trocken, schnappte ihre Sachen und trat nackt auf den Flur. Verdattert sah Jaqueline sie an, die lauschend an Miriams Zimmertür stand. Verlegen starrte die Blondine zu Boden, überrascht von Miriams nacktem Körper. Wortlos schritt die Brünette an ihr vorbei und knallte ihre Zimmertür hinter sich zu. „Glaub bloß nicht, dass du die neue Barbiepuppe spielen kannst." schrie Jaqueline wütend aus dem Flur und Miriam schüttelte lachend den Kopf. Sollte Jaqueline denken, was sie wollte. Ihr was das Verhalten zu albern. Grimmig schnappte sie sich ihren beigen Jogginganzug und kuschelte sich unter ihre Bettdecke. Mit Tränen in den Augen starrte sie zu ihrer Tür und wartete auf eine weitere Schimpftirade, die nicht kam. Erschöpft schloss Miriam ihre Augen und schlief ein.

Flirten

Der Rest ihres Wochenendes war für Miriam langweilig. Jaqueline war kaum Zuhause, Betty konnte sie nicht erreichen und Donnas Nummer hatte sie nicht. Deswegen hatte sie an dem regnerischen Sonntag über den Büchern für ihr Studium gehangen, die sie von ihrem Vater zu ihrem Geburtstag geschenkt bekommen hatte. Nach mehreren Stunden hatte sie diese genervt zur Seite gelegt und ihren winzigen Fernseher bei einer laschen Kochshow mit dumpfen Witzen angeschaut. Sie zog über ihr weißes Top ihre beige Joggingjacke und wandte sich ihrer Fensterwand zu. Es fuhren nicht viele Autos durch die Straße, es war keine Menschenseele zu sehen. Seufzend wandte sie sich erneut ab und ging in die Küche, um sich eine Tasse Tee zu kochen. Während das Wasser kochte, betrachtete sie gelangweilt ihre Füße und gähnte. Sie hörte wie sich eine Tür öffnete und lauschte aufmerksam. Schritte über den Holzfußboden näherten sich ihr und Maik stand verschlafen in der Küchentür. Verwundert sahen sie sich an. „Ich dachte, du bist gar nicht hier. Jacky hat nichts erzählt, bevor sie arbeiten gegangen ist." wunderte sich Maik und zündete sich eine Zigarette an. „Seit wann bist du denn hier?" fragte Miriam. „Seit gestern Abend. Hast du das gar nicht mit bekommen?" Sie sahen sich überrascht an, Maik zuckte mit den Schultern und setzte sich auf einen Stuhl. Miriam goss sich heißes Wasser über den Teebeutel und setzte sich ihm gegenüber. „Ist ja nett, dass Jaqueline mir Bescheid gibt." murrte sie grimmig. „Ihr habt euch in den letzten Tagen wirklich nicht viel zu erzählen." bemerkte der Mann mit der schwarzen Tolle und zog entspannt an seiner Zigarette. „Ich weiß auch nicht, was los ist. Sie ist merkwürdig und erklärt mir nicht, warum." erzählte Miriam und tippte auf ihrer Tasse herum. „Jacky kann ein richtiges Biest sein. Es muss nach ihrer Nase laufen und sie braucht Mitläufer um sich herum. Vermutlich hat sie dich für so jemanden gehalten." erklärte Maik unbeeindruckt. „Ts, was soll dieser Blödsinn? Ich dachte, sie sucht in mir eine nette Mitbewohnerin oder sogar Freundin." knurrte die junge Frau enttäuscht. „Sicherlich hat sie das. Aber da hat sie noch nicht gewusst, dass ich auf dich stehe." vermittelte Maik prompt. Miriam stockte der Atem, sie sah den muskulösen Mann geschockt an. „Wie bitte?" keuchte sie und errötete. „Ja, du bist heiß. Und versauter als du zugeben magst. Ich liebe diesen Charakterwechsel von schüchternem Kleinstadtmädchen zur verruchten Citydiva. Mit dir könnte ich öfter eine

Nummer schieben. Ich werde dir meine Nummer hier lassen, dann kannst du dich mal melden." schlug Maik lässig vor und kramte nach einem kleinen Zettel und einem roten Kugelschreiber in den Küchenschubladen. „Was bedeutet denn ´Du stehst auf mich!´?" flüsterte Miriam verschüchtert und sah ihm flüchtig in die Augen. „Du bist süß. Ich kenne nur dominante, notgeile Weiber wie Jaqueline. Die Stadt ist voll mit ihnen. Aber du bist schüchtern UND notgeil. Eine viel heißere Kombination. Du musst erobert und überredet werden und nicht geschlagen." erklärte er schulterzuckend und es blitzte Begierde in seinen Augen auf. Entsetzt starrte sie zurück und ihre Miene versteinerte. „Das klingt verrückt." presste sie heraus und Maik lachte leise. „Verrückt sein macht sicherlich mehr Spaß, als in monotonen Stigmen zu leben, oder?" fragte er herausfordernd und ihr war bewusst, dass er auf ihre Flucht aus der Heimat anspielte. Lächelnd nickte sie und nippte an ihrem Tee. In Gedanken versunken schaute sie ihren Tasse an. Plötzlich griff Maiks Hand nach ihrer und streichelte sie sanft. Mit roten Wangen sah sie auf. Maik lächelte sie liebevoll an.

„Du verwirrst mich.", gestand die Brünette und zog ihre Hand weg. „Du kannst ja lieb schauen." Maik lachte laut auf und drückte seine Zigarette in dem pinken Aschenbecher vor sich aus. „So etwas soll es geben." meinte er nur und verschränkte die Arme. „Was für eine Reaktion erwartest du jetzt von mir?" fragte Miriam verunsichert. Maik zuckte mit den Schultern, nahm sich einen von Jaquelines Joghurts und einen Löffel und verließ die Küche. „Eigentlich nichts. Ich wollte nur, dass du das weißt." rief er ihr zu und schwang Jaquelines Zimmertür hinter sich zu. Ratlos saß Miriam da und sah ihm nach. Kopfschüttelnd nahm sie ihre Tasse und ging in ihr Zimmer. Sie kuschelte sich zurück in ihr Bett und stellte den Fernseher an ohne sich weitere Gedanken zu machen. Maik pokerte gerne und hatte sie heraus gefordert. Doch sie würde den Einsatz nicht erhöhen und erst einmal abwarten. Denn noch verstand sie nicht, was er bezweckte. Doch sie wollte sich nicht darauf einlassen.

Der eigene Körper

Betty war eine strenge Chefin, da sie bis zu diesem Zeitpunkt nur wenige Versuche mit Angestellten gestartet hatte. Doch Miriam gab sich Mühe und am Ende des Tages war Betty zufrieden mit ihr und wollte sie fest einstellen.

„Sag mal, kann ich mir ein paar Sachen aussuchen? Donna meinte, ich müsste mein Selbstbewusstsein pushen mit ein paar aufreizenden Sachen. Kannst du mir da helfen?" bat Miriam verzweifelt und Betty sah sie begeistert an. „Ich habe ein paar aussortierte Sachen, die zwar alle in Topform sind, aber sich nicht gut verkauft haben. Ich schenke sie dir. Da sind Sachen dabei, die dir sicher gut stehen." meinte die Schwarzhaarige und schritt in ihrem engen roten Bleistiftrock in ihr Lager und wühlte einige Minuten herum. Miriam legte währenddessen die unordentlichen Haufen von Dessous zusammen, die einige Kunden hinterlassen hatten. Neben Frauen im 50er-Jahre Stil trafen sich in diesem Laden auch viele Transvestiten, die bereits mit ihrem Aussehen für Stimmung sorgten. Viele von ihnen waren Stammkunden und neugierig auf Miriam.

Betty kam mit einem Karton zurück und reichte ihn Miriam. „Nimm einfach alles darin mit und probiere Zuhause an, was dir gefällt. Da sollte einiges für dich drin sein. Ansonsten würde ich dich jetzt nach Hause schicken. Du hast deine Sache wirklich gut gemacht. Komm morgen wieder und wir klären alles mit deinem Vertrag." Miriam bedankte sich und ging.

Zuhause wartete sie aufgeregt auf Donna, die pünktlich an der Tür klingelte und Jaqueline freundlich grüßte, während Miriam stumm an ihr vorbei rauschte. Schlecht gelaunt rauchte die tätowierte Blondine in der Küche eine Zigarette und ging nicht auf Donnas Anwesenheit ein. Lachend folgte der Transvestit Miriam und ließ sich auf das frisch aufgestellte blaue Sofa nieder, das Miriam sich am Wochenende gekauft und geliefert bekommen hatte. Sie war froh, dass Jaqueline wenigstens das für sie angenommen hatte. Dafür hatte sie sich noch nicht bedankt.

„Nun wirf dich in Schale. Ich gieß schon mal den Prosecco ein." quiekte Donna und zog eine Flasche aus ihrer großen, weißen Handtasche. Miriam sah sich hilflos um. „Hier?" fragte sie verwirrt. Donna hielt in ihrer Bewegung inne und sah sie vorwurfsvoll an. „Ehrlich? Du meinst, dass ich als Diva nicht schon Hunderte von Frauenkörpern gesehen habe. Und wir reden hier von richtigen Frauen ohne Silikon in den Tüten. Dragqueens habe ich mit Sicherheit schon Tausende nackt gesehen." prahlte der Transvestit und lief gackernd in die Küche, um Gläser zu holen. Kopfschüttelnd wandte sie sich dem Karton zu und wühlte zwischen Korsetts, Handschuhen, BHs und Tüllröcken in vorwiegend Schwarz, Rot und Gold. Fasziniert streifte sie über den roten Samtstoff eines BHs und suchte sich einen schwarzen Minirock dazu heraus. Verlegen sah sie auf, als Donna wieder eintrat und vergnügt Prosecco in die Gläser goss, nachdem sie kreischend den Korken geöffnet hatte. Zögernd entledigte Miriam sich ihres violetten Pullovers und ihres weißen Spitzen-BHs. Schnell fuhr sie durch die Träger des roten BHs und war positiv von dem

Verschluss vorne überrascht. Neugierig schlüpfte sie aus ihrer hellen Jeans und streifte den schwarzen Mini über. „Uh la la, Madame. Sie sehen richtig verführerisch aus." jubelte Donna und reichte Miriam ein volles Sektglas. Beide stießen an und tranken. Der Alkohol konnte Miriam sicher bei ihrer Schüchternheit helfen. Sie griff nach einer gold-roten Korsage und öffnete mit einer Hand den BH, den sie einfach zu Boden fallen ließ. Donna half ihr beim Knüpfen des Dessous´. „Mamma Mia! Mir wird schon richtig heiß." meinte der Transvestit und nickte beeindruckt. Kichernd trank Miriam einen Schluck und probierte weitere Sachen an. Eine Flasche später saß sie mit Donna in einem kurzen rosa Tüllrock und einem schwarzen BH auf ihrer Couch und krümmte sich vor Lachen. Zwar wusste sie nicht mehr, worum es ging, aber es war unglaublich komisch. Sie lehnte sich an Donna an und roch ihr süßliches Parfüm. Die beiden kicherten weiter leise vor sich hin. Miriam sah auf die Kommode, die gegenüber der Couch stand und dachte benommen nach. „Warum bist du Transvestit?" fragte sie stammelnd und sah zu dem Mann im Damenkostüm auf.

„Weil das genau die Person ist, die ich bin." antwortete Donna leise. „Und auf was stehst du so? Ich meine, ob es da bestimmte Regeln gibt?" nuschelte Miriam und Donna lachte. „Nein.", lachte sie. „Ich bin freier, als die meisten Menschen und das soll auch so bleiben! Ich will mich nicht festlegen. Das Leben ist zu schön, um sich in irgendetwas rein zu zwängen."

„Außer in ein hübsches Korsett." meinte die Brünette und setzte sich richtig auf. Donna nickte kichernd und legte einen Arm um Miriams Schultern. „Du stehst ja wahrscheinlich auch nicht nur auf Männer?" lächelte sie herausfordernd. Miriam schaute peinlich berührt auf ihre überschlagenen Beine. „Scheinbar nicht." murmelte sie unruhig. „Das ist doch nicht dramatisch, Liebes. Man sollte alles ausprobieren." meinte die große Blondine und legte ihre andere Hand auf Miriams nackten Oberschenkel. Irritiert sah sie an sich herab und betrachtete Donnas Hand. Sie war groß, gebräunt und mit türkisen künstlichen Nägeln verziert. „Alles mal ausprobieren…" flüsterte Miriam stammelnd. Sie sahen sich an und Donna lächelte. Ihr Gesicht näherte sich

Miriam und ihre Lippen fanden sich selbstverständig.
Miriam schmeckte die sanften Lippen und Donnas
warme Hände auf ihren Oberschenkeln. Miriams
Gänsehaut im Nacken wurde durch das Streicheln der
großen Männerhände noch intensiver. Donna wandte sich
ihrem Hals zu, küsste ihn sanft und knabberte an Miriams
Ohrläppchen. „Du hast mit Männern geschlafen, du hast
mit Frauen geschlafen. Wie wäre es, wenn du jetzt mit
der ultimativen Kombination schläfst?" schlug die
Blondine vor und zog plötzlich ihre Perücke vom Kopf.
Darunter befand sich ein Haarnetz, das kurze blonde
Haare verdeckte. Auch dieses riss sich der Transvestit
vom Kopf. Eilig riss Miriam ihren Rock herunter und
fummelte verzweifelt an den Ösen des BHs herum.
Kichernd half Donna ihr und ließ sich von Miriam die
Kostümjacke ausziehen und die weiße Bluse öffnen.
Erregt stöhnte Donna in Miriams Nacken, die über den
trainierten Bauch kratzte. Überrascht huschte ihr Blick an
Donnas Bauch herunter, während sie den ausgestopften
pinken BH öffnete und zusah, wie ihn Donna auszog.
„Gefällt dir was du siehst?" fragte der Transvestit

provokant. Miriam sah ihr kurz in die Augen und warf sie nach hinten. Sie biss sich auf die Unterlippe und zog ihren Rock aus. Fasziniert streichelte sie über Donnas Bauch und Brust. „Ich hätte nicht gedacht, dass du so aussiehst." hauchte sie und küsste Donna auf den Mund. „Was hast du denn erwartet?" flüsterte Donna keuchend. „Du bist trainiert und hast einen schönen Körper." meinte Miriam lächelnd. Donna sah sie an. „Was soll das heißen?" stockte der Transvestit. Ihr Lippenstift war verschmiert. „Versteh mich nicht falsch, ich habe nur irgendwie nicht so etwas ideal männliches erwartet." stotterte Miriam. Donna schubste sie von sich herunter. Kreischend saß Miriam neben ihr und sah sie erschrocken an. „Ideal männliches? Was willst du mir bitte damit sagen?" fauchte Donna und sah Miriam wütend an. „Nichts, ich hatte nur ein anderes Bild von dir." stammelte Miriam ängstlich. Donna sammelte ihre Sachen auf und zog sich an. „Du hast gedacht, ich bin ein potthässlicher Mann, der sich nur als Frau verkleidet, weil er als Hetero niemanden abbekommen würde! Das ist ja wieder typisch! Du bist wirklich ein dämliches

Küken aus der Kleinstadt!" fluchte Donna, richtete ihre Perücke, schnappte ihre Handtasche und stapfte aus dem Zimmer. Miriam folgte ich sprachlos auf den Flur, in dem Jaqueline mit einem süffisanten Lächeln an der Wand lehnte. „Donna, ich wollte dich nicht beleidigen." versuchte es Miriam eilig. „Das hast du aber! Du bist ein dummes Gör´!" schrie der Transvestit und ließ die Wohnungstür hinter sich zu knallen. Jaqueline und Miriam sahen sich an. „Tja, so ist das, wenn man bei den Großen mitspielen will." kommentierte Jaqueline gehässig und ging in ihr Zimmer. Der Flur war stockdunkel, nachdem die Zimmertür zufiel.

Freiheit

„Wie konntest du nur Donna verärgern?" rief Betty, als sie hinter dem Laden Pause machten und Betty Miriam eine Zigarette anbot. Miriam lehnte dankend ab und verschränkte unwohl die Arme vor der Brust. „Ich war leicht angetrunken und habe mich unglücklich ausgedrückt." erklärte Miriam bedrückt. „Das ist eine wirklich blöde Ausrede." meinte Betty, die an ihrer Zigarette zog. Miriam hatte zu Beginn der Arbeit erzählt, was einen Tag zuvor geschehen war und Betty war sichtlich besorgt. „Donna ist ein stolzer Mensch und sehr sensibel. Du hast sie ziemlich verletzt. Das war eine Aussage, die sie ständig hört und sie ist es leid." erklärte Betty, die Donna bereits seit mehreren Jahren kannte. „Was soll ich denn machen? Ich habe nicht mal eine Adresse oder Telefonnummer von ihr. Sie war so lieb zu mir und ich war gemein. Es tut mir wirklich leid." Miriam kamen die Tränen. Betty verdrehte die Augen. „Du bist so ein Weichei. Ich gebe dir ihre Adresse und nach der Arbeit versuchst du sie dort zu erwischen. Gegen 19 Uhr geht sie arbeiten, sie singt in einer Drag-Bar. Vielleicht erwischst du sie noch." wies Betty an und ging mit Miriam zurück in den Laden.

Miriam stand vor einem alten großen weißen Haus, bei dem die Fassade an manchen Stellen abblätterte. Mit zittrigen Händen suchte sie die Türklingeln ab und fand den Namen ´Donna Grace´. Betty hatte ihr erzählt, dass

Donna in ihrer ehemaligen Heimat Daniel Kramer hieß und mit dem Umzug nach Berlin alles aus ihrer Vergangenheit verdrängen wollte. Bereits als Kind war sie von Mädchensachen und Make-Up begeistert gewesen. Aus diesem Grund hatte ihr Vater sie beschimpft und gezwungen sich selbst die Haare kurz zu schneiden. Miriam hatte Mitleid mit Donna und fühlte sich miserabel. Sie mochte Donna mit ihrer herzlichen und offenen Art und war enttäuscht von sich selbst. Nervös klingelte sie und wartete aufgeregt. „Grace." ertönte es aus der Sprechanlage. „Donna, ich bin es, Miriam. Können wir bitte noch einmal miteinander reden?" begrüßte Miriam sie und hoffte, dass Donna die Verbindung nicht sofort wieder unterbrach. „Ich glaube nicht, dass sich dazu in der Stimmung bin." antwortete Donna knapp und Miriam seufzte. „Hör zu! Ich habe mich dumm benommen und das hast du nicht verdient. Ich mag dich als Freundin wirklich sehr und möchte dich nicht mit einem blöden Spruch verjagen. Ich weiß, dass du viel durch gemacht hast und mich jetzt für intolerant hältst. Aber so bin ich nicht! Ich mag dich wirklich!"

flehte Miriam gegen die Sprechanlage. Zuerst bekam sie keine Antwort, doch dann hörte sie ein tiefes Seufzen. „Kleines, du hast dich soeben schöner entschuldigt als einer meiner Exfreunde der vergangenen Jahre. Aber ich habe heute wirklich keine Zeit für dich, da ich bald zur Arbeit muss. Was hältst du davon, wenn wir uns am Wochenende sehen und dann nochmal reden?" schlug Donna vor. Erfreut antwortete die verlegene Brünette: „Sehr gerne. Soll ich hierher kommen oder du zu mir? Oder wollen wir wieder irgendwo frühstücken?"

„Nein, nein. Komm Sonntagnachmittag her. Ich brauche meinen Schönheitsschlaf, wenn ich eine ganze Nacht durch gearbeitet habe und der Schlaf dauert lang! Wir sehen uns dann und jetzt verschwinde, du verrücktes Huhn." kicherte Donna und die Verbindung brach ab.

Mit einem breiten Lächeln spazierte Miriam nach Hause und fand Jaqueline und Maik diskutierend in der Küche. Der schwarze Kajalstrich der Blondine war durch ihr Weinen verschmiert, Maik saß vor ihr und redete energisch auf sie ein. Erschrocken sahen sie die verdutzte

Miriam an und Jaqueline zischte: „Da ist doch dein kleines Flittchen. Warum kümmerst du dich nicht lieber um sie, als um mich?" Maik seufzte genervt. „Was ist los?" fragte Miriam verdutzt. „Du bist los. Mit dir habe ich nur Unglück! Am besten ziehst du aus." kreischte Jaqueline und lief weinend an ihrer Mitbewohnerin vorbei. Maik erhob sich langsam und zuckte mitleidig die Schultern. „Sie ist im Moment etwas aufgewühlt. Nimm es dir nicht so zu Herzen. Ich kläre das schon." versprach er und fuhr sich durch die schwarzen Haare. „So hast du dir deine Freiheit auch nicht vorgestellt, oder?" fragte er verlegen und Miriam schüttelte den Kopf. „Aber vielleicht sollte ich mal mit Jaqueline reden. Es wurde zwischen uns viel zu viel tot geschwiegen. Ich habe keine Lust mehr auf Spielchen." sagte Miriam bestimmend und stampfte in Jaquelines Zimmer ohne anzuklopfen. Maik folgte ihr gemächlich und beobachtete begeistert ihre Dominanz. „Jaqueline, wir müssen reden." meinte Miriam und stand mit verschränkten Armen vor ihrer zusammengekauerten Mitbewohnerin, die auf ihrer Bettkante hockte. „Lass mich in Ruhe!" krächzte die verzweifelte Blondine. Maik setzte sich wortlos neben sie und Miriam redet auf sie ein: „Jacky, so kann das nicht weitergehen. Wir wohnen zusammen in einer Wohnung und haben uns anfangs so gut verstanden. Was ist schief gelaufen?"

Jaqueline schluchzte lauter und Maik legte einen Arm um sie. Einige Minuten sagte niemand etwas, aber als Miriam bereits aufgeben wollte, seufzte Maik: „Das ist meine Schuld." Erwartungsvoll sah sie ihn an und zog eine Augenbraue hoch. „Ich habe mich ein wenig in dich verguckt und scheine nur noch von dir zu reden. Das stört Jacky, weil sie sich vernachlässigt fühlt und selber nicht leugnen kann, dass sie völlig angetan von dir ist." Miriam errötete und starrte die beiden an, die auf eine Reaktion von ihr warteten. „Was erzählst du denn da?" stammelte sie verwirrt. „Verstehst du es nicht? Wir stehen beide total auf dich. Noch mehr, als auf uns und das macht unsere Freundschaft kaputt. Ich fing an von dir zu träumen und seitdem Maik dich gevögelt hat, will er nur noch mehr von dir. Du bist ein neuer Wind, der durch Berlin weht. Hübsch und intelligent und total niedlich in deiner Unsicherheit." wimmerte die Blondine und sah Miriam vorwurfsvoll an. Sie wusste nichts darauf zu antworten, da ihr die Situation surreal vorkam. „Was willst du, Jacky?" fragte Miriam ruhig. Sie sahen sich an. „Ich will, dass du freier wirst." antwortete sie nach langer Zeit, stand auf und warf ihr Top und ihre Jeans zu Boden.

Ein neues Leben

Sie konnte nicht glauben, was sie in diesem Moment tat. Sie hockte nackt auf allen Vieren auf Jaquelines Bett, Maik stand hinter ihr und schob langsam seinen Schwanz in ihr feuchtes Loch. Jaqueline kniete vor ihr, hielt ihr Gesicht in den Händen und küsste Miriam innig. Stöhnend presste sie ihre Zunge zu der Blondine durch und hörte sie kichern. Miriam war noch nie so schnell nackt gewesen und wunderte sich über die Situation. Doch die gelöste Spannung machte sie geil und sie wollte es in vollen Zügen auskosten, bevor erneut ein Streit entfachen könnte. Behutsam nahm sie ihre rechte Hand und rieb damit zwischen Jaquelines gespreizten Beinen. Die Blondine stöhnte ihr genüsslich in den Mund und biss ihr vorsichtig in das linke Ohrläppchen. Maik stieß sein Glied langsam tiefer und Miriam stöhnte überrascht auf. Sie ließ ihren Zeigefinger in Jaquelines feuchte Scheide gleiten und genoss ihr Lustzittern. Jaqueline keuchte und wand sich nach hinten, streckte ihr immer mehr ihr Becken entgegen. Miriam wurde schwindelig von Maiks Stößen, sie spürte ihre Muschi feuchter werden. Begierig fuhr sie mit ihren feuchten Fingern über Jaquelines wohl geformte Brüste, die Blondine schnappte sich Miriams Finger und leckte sie genüsslich ab. Sie kratze ihr über den Bauch und stöhnte laut auf, da Maik seinen Schwanz tiefer in sie hinein stieß. „Ich will euch fummeln sehen!" keuchte der trainierte Mann und zog seinen Schwanz aus Miriam heraus. Jaqueline packte sie an den Schultern, riss sie herum und setzte sich auf sie. Sie legte sich auf sie, beugte sich über Miriams Brüste und leckte zärtlich ihre Nippel. Die Brünette griff nach den Brüsten und massierte sie. Aufgegeilt leckte sie sich die Lippen und sah Maik auffordernd an, der neben ihr kniete und langsam seine rechte Hand um seinen Schwanz rieb. Jaquelines Zunge kitzelte angenehm und fuhr um ihren Bauchnabel herum. Miriam bekam eine Gänsehaut. „Hast du schon mal gefistet?" fragte Jaqueline aufgeregt, Miriam schüttelte verwirrt den Kopf. ‚Ich leg mich auf den Rücken und du machst mich erst einmal mit zwei Fingern richtig heiß bis ich so feucht bin, dass du weitere Finger reinschieben kannst. Sei ganz vorsichtig zu mir, außer ich schreie nach mehr." erklärte sie und warf sich begierig auf den Rücken. Miriam drehte sich über sie und leckte ihren Zeige- und Mittelfinger an. Vorsichtig schob sie sie in Jaquelines feuchte Muschi und genoss ihr Stöhnen und die nasse Wärme. „Du bist so heiß." flüsterte sie lüstern und lauschte Jaquelines Stöhnen. „Ich will mehr deiner Finger in mir." keuchte sie. Miriam zog ihre Hand etwas hervor und führte vier Finger ein. Die Blondine krallte sich in der roten Satinbettwäsche fest und schrie. Maik küsste Miriams Nacken und holte sich weiter einen runter. „Ihr seid so geil. Ich habe so ein Glück mit zwei so versauten Frauen. Ihr macht mich so an! Ich will mehr von euch!" stöhnte er erregt und packte mit seiner freien Hand nach Miriams Brüsten. Sie genoss seine Massage und bemerkte plötzlich, wie gut ihr die Situation tat. Überrascht sah sie sich um, doch es blieb unwirklich. Sie schluckte und sah Jaqueline fasziniert an. Maik drückte sanft ihren Oberkörper etwas weiter hinunter, wodurch ihr Arsch höher hing und schob wieder seinen Schwanz in sie hinein. Keuchend bewegte sie ihre Hand schneller in Jaquelines Fotze und kicherte, als alle zur selben Zeit laut aufstöhnten. Zu keiner Zeit in ihrem Leben hätte sie geahnt, dass sie sich in dieser Position wiederfinden und sie es so heiß finden würde. Maik stieß heftiger, Miriam bewegte sich schneller. „Jacky, soll ich dich ficken?" rief Maik in Ekstase und krallte sich in Miriams Arsch fest. „Nein.", presste die Blondine zwischen ihren Zähnen hindurch und rieb in schneller Geschwindigkeit über ihren Kitzler. „Miriam macht das zu geil. Ich komme gleich." „Ok, ich kann nämlich auch nicht mehr lange an mir halten. Ich habe die heißesten Frauen im Bett." stöhnte er und stieß heftiger zu. Miriam wurde schwindelig und sie fand es gut. In hohen Tönen quiekend bemerkte Miriam ihre zittrigen Beinen, auf denen sie kniete und hoffte, dass sie nicht zusammenbrach. Der Orgasmus schlich sich langsam ein und wurde immer intensiver. „Mach´s mir, Maik. Los, härter!" brüllte sie und spürte das Feuerwerk in ihrem Unterbauch. „Meine Fotze will mehr von dir. Los, komm!" Jaqueline kreischte mit ihr und Maik gab sich mehr Mühe. Die Brünette schob ihrer Freundin zusätzlich den Daumen in das weit geöffnete Loch und spürte Jaquelines Zittern. „Ich platze vor Geilheit, Miriam! Ja, du bist die Geilste! Ich will mehr von dir! Ich will, dass du mich jeden Tag so ran nimmst." brüllte die Blondine und Miriam spürte ihre Hand immer nasser werden. Zu dritt schrien und stöhnten sie, bis Maik ein letztes Mal stark und tief stieß und begeistert auf Miriams Hintern zusammenbrach. Sie keuchten und lachten leise. Miriam zog vorsichtig ihre Hand aus Jaquelines Muschi und warf sich mit Maik neben die Blondine. Gleichgültig rieb sie den Fotzenschleim an ihrem nackten Bauch ab und lachte befriedigt. Schwer atmend sahen sie an die Decke und genossen die Stille. Jaqueline drehte sich zu Miriam und legte ihren Arm auf ihren Bauch. Die Brünette schloss zufrieden die Augen und lauschte dem gleichmäßigen Atem von Jaqueline und Maik. Sie schielte zu Maik, der bereits eingeschlafen war und lächelte. Ihr war bewusst, dass diese Konstellation merkwürdig war, aber es gefiel ihr. Aus diesem Grund war ihr zu diesem Zeitpunkt alles egal. Sie fragte sich, ob so eine Situation noch einmal vorkommen würde.

Apfelstrudel

„Ihr seid die reinste Fick-Gemeinschaft. Es wird Zeit, dass ihr endlich gezüchtigt werden." kicherte Donna, die in schwarzem BH, Slip, Mieder und Strumpfband auf ihrer dunkel violetten Samtcouch saß und entzückt an ihrem Glas Prosecco schlürfte. Das Haarnetz hatte sie sich schnell übergeworfen und Miriam liebevoll umarmt, als sie bei ihr in der Tür stand. Auf sehr hohen Pfennigabsätzen stolzierte der Transvestit durch ihre pompöse Wohnung mit dunkelroten Wänden. Überall standen schwarze und weiße Statuen, große Kerzenständer und Kleiderstangen, an denen Damenkostüme in allen möglichen Farben und Mustern hingen. Miriam war überwältigt von der Farbenvielfalt. „Schön hast du es hier." sagte Miriam höflich und war verwirrt von den verwinkelten Räumen und bunten Wänden. „Ja, sie ist meine Traumwelt. Falls du hier irgendwo einen Paradiesvogel findest, das bin vermutlich ich." kicherte Donna und reichte Miriam ein Glas Prosecco. „Bist du mir noch böse?" fragte sie unvermittelt und die Blondine prustete in ihr Glas. „Puppe, du bist einfach zu süß. Ich musste dir verzeihen. Ich liebe deine niedliche Art, hinter der ja offensichtlich ein kleine Drecksau steckt." erklärte der Transvestit entzückt und stellte sich mit ihrer blonden Perücke vor den großen Spiegel in ihrem dunkelroten Flur. „Willst du einen Apfelstrudel? Ich liebe Apfelstrudel! Wenn ich etwas im Hause habe, dann Prosecco und Apfelstrudel." seufzend tippelte Donna in ihre kleine Küche und holte einen Teller mit Papier von einem Bäcker heraus und entfaltete vier Stück Apfelstrudel. „Der Spaß kommt jetzt in die Mikrowelle, dann bekommst du noch zwei Vanille-Kugeln dazu. Keine Angst, ich rede hier von Eis.", kicherte die Blondine und Miriam sah sie erschrocken an. „Entschuldige, ich bin kurz vor meinen Shows immer so aufgekratzt. Es gibt doch nichts schöneres, als sich vor einer Meute wild gewordener, geiler Leute zu stellen und sie zum Schreien zu bringen.".

„Verstehe ich irgendwie. Ich glaube, mir würde das auch sehr gefallen." murmelte Miriam nachdenklich und nippte an ihrem Glas. Donna sah sie durchdringend an. „Warum kommst du heute nicht mit?" schlug sie vor und leckte sich die Lippen. „Ich würde mir gerne deine Show angucken." lächelte die Brünette ahnungslos. „Vielleicht binde ich dich auch mal in die Show ein." deutete der Transvestit an und suchte sich ein schwarzes Top heraus, das sie unter ein rosa glitzerndes Kostüm anzog. Im Hintergrund piepte die Mikrowelle, zu der sie sprintete und Donna genüsslich zwei Kugeln Eis auf dem Teller verteilte. „Was heißt ´in die Show einbinden´?" fragte Miriam vorsichtig und stopfte sich ein großes Stück Strudel in den Mund. In Donnas Haushalt gab es keine

Sahne, weil sie ´der ultimative Fetter´ war.

Verschwörerisch lächelte Donna sie an. „Das wirst du dann schon merken. Wir müssen dir nur ein paar andere Sachen besorgen." erklärte die Blondine, knöpfte sich ihren Blazer zu und leerte ihr Prosecco-Glas in einem Zug. Sie sah Miriam fordernd an. „Trink dein Glas schnell aus, das macht dich lockerer." befahl sie und kramte im Flur nach Miriams beiger Lederjacke, die sie der Frau zuwarf und sie eilig aus der Wohnung zog. Als sie draußen auf der Straße standen und Donna nach einem Taxi rief, zog Miriam sich irritiert die Jacke an und sah sich ungläubig um. „Wo fahren wir hin?" fragte sie, doch Donna antwortete nicht. Ein Taxi hielt und beide stiegen ein. Ohne ein Wort fuhren sie durch Berlin, das im Dämmerlicht seine Lichterpracht zeigte. Sie fuhren 20 Minuten, bis der Fahrer vor einem älteren Gebäude in bordeauxrot hielt und sie ausstiegen ließ. Donna übernahm den Preis und zeigte mit ausgestreckten Armen auf den Namen, der über der goldbemalten Tür stand ‚Le petit Cirque´. „Das ist meine wundervolle Arbeitsstelle, in der ich seit sieben Jahre mein ganzes

Glück auslebe." präsentierte sie und hielt Miriam die pompöse Tür auf. Überrascht trat Miriam in den dunklen Club und sah sich begeistert das Schwarzlicht an den Wänden an. Überall waren durch das Licht Handabdrücke, Kussmünder und verschiedene geometrische Muster zu erkennen. Vor ihnen war eine weitere goldbemalte Tür, vor der ein kleiner Hochtisch stand, an dem ein bulliger Türsteher lehnte. Er war klein mit kurzen schwarzen Haaren und grimmigen Blick. Er sah die beiden ohne eine Regung an und reagierte nicht auf Donnas süße Begrüßung. Sie huschten an dem Türsteher vorbei und standen in einem großen, dunklen Raum mit Rotlicht. Vor ihnen war eine Bühne mit dunklen Samtvorhängen und Pole-Dance-Stangen an den Seiten. Rechts von ihnen war eine Bar mit kleinen roten Glühbirnen an der Leiste. Davor standen moderne Barhocker in Rot. Miriam gefiel der Stil. „Hier arbeitest du?" fragte sie und sah sich mit großen Augen um. „Der beste Arbeitsplatz der Welt." bestätigte Donna. Es lief Jazzmusic im Hintergrund, als der Transvestit auf die Bühne sprang und Miriam hinter den Vorhang führte. Die

Wände waren golden mit roten Ornamenten und vergrößerten den engen Gang, der nach links führte. Am Ende war laute Musik von Britney Spears zu hören und lautes Gerede von tiefen Stimmen. Donna drehte sich um. „Pass auf, Miriam. Ich zeige dir die hübschesten Ladys der Welt. Du wirst geblendet sein von ihrer Schönheit." kündigte sie an und riss die vergilbte Tür auf. Standen vor einem kleinen Raum mit vollbeleuchtetem Spiegel, vor dem mehrere Männer in schwarzen Dessous saßen und tratschend in den Spiegel schauten. Kreischend empfingen sie die beiden Besucher und begutachteten Miriam begeistert. „Was hast du uns denn da für ein hübsches Schätzchen mitgebracht, Donna?" fragte Frieda mit langer dunkler Dauerwelle und dunkelroten Lippen. Sie hielt ein halbvolles Sektglas in der Hand und nippte amüsiert daran. In glitzernden BH und einer schwarzen Panty stolzierte sie auf Lackstiefeln durch den engen Raumen, zwischen den Holzstühlen und Vollbehangenen Kleiderstangen umher. „Ich bin Miriam." grüßte die junge Frau verlegen. Frieda durchfuhr Miriams Haare und schmunzelte: „So ein hübsches Ding. Ich bin wirklich neidisch. Was führt dich in unseren Zauberzirkus?"

„Donna wollte mir zeigen, wo sie arbeitet. Und ich muss sagen: Ich bin fasziniert! Das ´Le petite Cirque´ ist traumhaft. Ich würde auch gerne in so einem Club arbeiten" schwärmte Miriam und griff nach einem goldenen Pailetten-Bolero. „Glaub mir, Liebes. Du siehst mit Sicherheit in allem gut aus. Aber wir gehören zu den großen Mädchen und tragen nicht deine zierliche Größe." meinte Sandy, die rothaarige Dragqueen mit den breiten Schultern. Die Transvestiten kicherten. „Aber weißt du, wenn du gerne kellnerst, bist du herzlich Willkommen." bot Donna an und korrigierte ihren Konturenstrich um ihre Lippen vor einem der großen Spiegel. Miriam grübelte: „Naja, ich arbeite schon bei Betty im Laden. Ich wollte mich noch in meine Studienbücher schauen, bevor es in zwei Wochen losgeht." Frieda verdrehte die Augen. „Ich bitte dich, Schätzchen. Kein vernünftiger Student lernt vor seinem ersten Semester. Wer lernt überhaupt in seinem Studium? Du studierst um Spaß zu haben und wichtige Dinge über das Leben zu lernen, z.B wie man Bierflaschen mit seinen Zähnen öffnet. Wofür willst du in Büchern lesen?" quietschte sie kopfschüttelnd, Miriam sah sie verlegen an. „Ich dachte, ich bereite mich auf den Einführungskurs vor." murmelte sie und sah zu Boden. „Man lernt nicht für den Einführungskurs, der dich in dein Studium einführen soll." antwortete Frieda und die Transvestiten kicherten. „Du meinst also, dass dir immer jemand zur Hilfe kommt, wenn es um das Einführen geht?" kreischte Sandy. Donna verdrehte die Augen und wandte sich an Miriam: „Du bleibst heute hier, schaust dir unsere Show an und morgen Abend kellnerst du ein bisschen. Ich stelle dir Fredo vor, unseren Barkeeper. Er wird dich einweisen."

Toilettenquickie

Fredo stand gelangweilt vor Miriam und tippte auf seinem Smartphone herum. Er sah zur Begrüßung nicht auf und nickte Donna kurz zu, als sie über die Brünette erzählte. Er lehnte lässig an einem Hocker, trug eine enge Jeans und ein schwarzes Shirt. Die dunklen Haare waren zu einem kurzen Iro gegelt und seine Augen schwarz umrandet. „Kümmere dich gut um sie." fauchte der blonde Transvestit und klatschte dem jungen Mann in den Nacken, bevor sie wutentbrannt hinter der Bühne verschwand. Genervt steckte Fredo sein Handy weg und sah Miriam prüfend an. „Pass auf, Puppe. Ich bin und bleibe hinter der Bar. DU hast die ehrenvolle Aufgabe, meine wunderbaren Drinks heile an die Tische der Gäste zu bringen. Meinst du, du kannst das?" fragte er missbilligend. Miriam verschränkte die Arme. „Pass auf, du Mottengruftie. Ich weiß nicht, wer dir das schminken beigebracht hat. Aber ich kann dir versichern, dass das rechteckige Ding bei den Toiletten ein Spiegel ist. Wenn du da reinschaust, zeig es die WAHRHEIT. Schau lieber nochmal rein, bevor du dich unter Leute traust. Sogar ich kann mich besser schminken als du.", meckerte Miriam und sah ihn herablassend an. „Und wenn du auch nur für einen Moment mal professionell sein könntest, dann zeig mir lieber, was ich machen soll und wo, was steht."

Fredo sah sie verblüfft an, doch lächelte herausfordernd. „Sehr schön. Endlich mal ein Mädel, das sich wehren kann. Sehr heiß, Puppe. Komm mit ins Lager." befahl er und schnipste, während er links an der Bar vorbeiging und hinter einem schwarzen Vorhang verschwand. Zögernd folgte Miriam ihm und fand sich in einem kühlen Lager mit grellen Deckenlampen wieder. Zwischen Metallregalen mit gestapelten Kisten stand am Ende des sehr schmalen Raums ein großer schwarzer Kühlschrank. „In den Kartons findest du Gläser, falls welche zerbrechen sollten, notiere dir die Anzahl. Sobald alle Gäste weg sind, werden sie neu aufgefüllt. Du findest hier Salzstangen und gesalzene Nüsse. Bier und Sekt ist im Kühlschrank. Wein, Whisky, Wodka und alle weiteren härteren Sachen stehen versteckt in den Regalen. Beobachte immer diesen Vorhang, damit sich keiner der Gäste unerlaubt an unserem Alkohollager vergreift. Wenn du jemanden siehst, sag mir Bescheid." erklärte Fredo und stand mit den Händen in den Hosentaschen vor Miriam und beobachtete sie neugierig. Mit zusammengekniffenen Augen versuchte sie sich alles zu merken und sah die Kartons durch. „Ich denke, das bekomme ich hin." meinte sie nickend und sah Fredo an. „Hat Donna dir schon den Rest des Clubs gezeigt?" fragte er. Sie sah ihn misstrauisch an. Grinsend schlich er sich an Miriam vorbei und betrat den Showbereich mit der Bar. „Ich zeige dir die Toiletten. Ist ja immer wichtig für die Frauen." zwinkerte er ihr zu, während ein Lied von Rihanna im ganzen Raum ertönte. Miriam schlurfte hinter dem jungen Mann hinter her und konnte ihren Blick nicht von seinem Arsch lassen, der permanent vor ihr hin und her wackelte. „Ob Fredo schwul ist?" fragte sie sich und war fast schon enttäuscht. Sie überlegte, ob ein One-Night-Stand mit ihrem neuen Arbeitskollegen legitim wäre. Kopfschüttelnd versuchte sie ihre beschämenden Gedanken loszuwerden. Er führte sie zurück an den Eingang und bog kurz vor der Tür, an der der Türsteher stand, rechts ab. Der Flur war ebenfalls mit Schwarzlicht ausgestattet und an den Wänden hingen Poster von alten Hollywood-Größen wie Marlene Dietrich und Marilyn Monroe. Am Ende des Flures kam eine kleine Wendeltreppe, die sie zu einem weiteren langen Flur führte mit roten Wänden und warmen Lichtern. Am Ende waren zwei Türen. Auf der linken stand ´Damen´, auf der rechten ´Herren´. Fredo blieb davor stehen und lächelte verschwörerisch. „Falls etwas sein sollte, musst du Toilettenpapier oder Handtücher nachfüllen. Du hast sicher gesehen, dass das alles im Lager liegt. Hast du noch Fragen?" Miriam schüttelte den Kopf. Mit einem verschmitzten Lächeln hielt Fredo die Tür zur Damentoilette auf und gab Miriam zu verstehen, dass sie eintreten sollte. Verwirrt folgte Miriam und stand in einem sauberen, großen Vorraum mit blauen Kacheln, großen silberfarbenen Waschbecken, auf denen Handtücher, kleine gelbe Seifen und Feuchttücher standen. „Ihr gebt euch aber Mühe." stellte Miriam überrascht fest und Fredo seufzte: „Wir sind hier in einem Club voller verkleideter Männer. Wenn die nicht wissen, wie man dekoriert, kann es keiner." Sie lachten. „Und das wolltest du mir zeigen? Eine saubere Damentoilette?" fragte Miriam mit hochgezogener Augenbraue. Fredo biss sich auf die Unterlippe und sie wurde für einen kurzen Moment schwach. Fasziniert starrte Miriam auf die Lippe, während Fredo ihr näher kam und si aen sich heran zog. „Ich hab bemerkt, wie du mir auf den Arsch schaust. Glaub mir, ich kann nicht mit dir arbeiten, wenn ich die ganze Zeit die sehnsüchtigen Blicke auf mir spüre." flüsterte er ihr ins Ohr. Miriam schluckte. Er sah ihr in die Augen und Miriam schmolz in seinen Armen dahin. Sie drückte ihre Lippen auf seine und biss ihn vorsichtig. Seine linke Hand glitt zu ihren Brüsten hinunter und knetete sie. Lächelnd zog er sie in eine der Kabinen. „Zieh dich aus, Puppe. Ich werde es dir jetzt zeigen." befahl Fredo lüstern und öffnete seine enge Hose. Mit offenem Mund starrte sie ihn an. So schnell sollte es gehen? Verunsichert sah sie sich um. Kopfschüttelnd wandte sie ihren Blick von der Toilette ab und öffnete ihre Hose. „Für eine einmalige Sache reicht es. Fredo ist ziemlich heiß und ich kämpfe hier ja für meine Freiheit." dachte Miriam schlüpfte aus ihren Schuhen, um die Hose auszuziehen. Verlegen blinzelte sie zu Fredo und betrachtete seinen schmalen Schwanz. Er ragte an seinem Beckenknochen in die Höhe und schien Miriam auffordernd anzusehen. Sie spürte wie sie feucht wurde und kniff erschrocken ihre Schenkel zusammen. „Nicht so schüchtern, Puppe." Fredo griff zwischen ihre Beine und rieb langsam ihre Schamlippen. Miriam keuchte leise und packte Fredos Schultern. „Spring auf!" rief Fredo und Miriam schlang ihre Beine um seine Hüften. Sein steifer Schwanz drang in sie ein und ihr stockte der Atem. Fredo hielt kurz inne und sah Miriam provokant an. „Bist du bereit?" lächelte er und stieß tief ein. Miriam stöhnte und war leicht benebelt. Fredo konnte gut mit seinem außergewöhnlichen Schwanz umgehen und hatte Miriam schnell in der Hand. Jeder Stoß ließ sie aufstöhnen und verrückt werden. Sein Schwanz war nicht so groß wie Maiks und doch war es ein unglaubliches Erlebnis. Miriam krallte sich in sein schwarzes Shirt und biss ihm in die Schulter vor Lust. Immer und wieder rammte er seinen Schwanz in sie hinein und kam nach einigen Minuten. Vorsichtig setzte er sie ab und zog sich keuchend zurück. Wann hatte er sich das Kondom übergezogen? Schwer atmend griff Miriam nach etwas Toilettenpapier und tupfte ihre neu beste Freundin ab. „Wow, das war spontan." stammelte sie und schlüpfte in ihre Jeans. Fredo lächelte: ‚Für dich vielleicht, Puppe. Schon als du reingekommen bist, wollt ich unbedingt in dir kommen. Jetzt bist du offiziell hier aufgenommen. Herzlichen Glückwunsch! Wir sehen uns morgen." Er winkte kurz, machte seinen Reißverschluss zu und verließ die Kabine. Miriam sah ihm sprachlos nach, zog sich an und trat vor den großen Spiegel im Vorraum. Mit einem Feuchttuch tupfte sie sich leicht durch das Gesicht und fuhr sich mit den Fingerspitzen durch die Haare. Erschöpft vergewisserte sie sich, nicht vergessen zu haben und verließ die Toilette.

Ausgenutzt

„Was hast du getan?" schrie Jaqueline schockiert und sah Miriam mit weit geöffnetem Mund an. Sie konnte die halb zerkaute Banane ihrer blonden Freundin sehen und verzog angewidert das Gesicht. Miriam war müde von der langen Nacht, die sie hinter sich hatte und fühlte sich verschwitzt. Ihre Haare rochen nach Zigaretten, Alkohol und verbrauchter Luft. Unerwarteter Weise war der Club überfüllt gewesen und Miriam half bereits in dieser Nacht aus und bekam am Ende der Schicht Lob von allen Seiten. Mindestens genauso gut tat ihr das Trinkgeld, das nach einer einzigen Nacht 75 Euro betrug. Obwohl sie sich wie ein Waschbär fühlte, der sich in einem Müllcontainer gesuhlt und auf einer Toilette Sex hatte, war sie doch zufrieden und hatte sich bei der Arbeit wohl gefühlt. Sie wunderte sich über sich selbst. Wurde sie allmählich sexbesessen? Berlin war neu für sie. Miriam fühlte sich unsicher, aber sie wollte viele Menschen kennen lernen und ihr Leben feiern. Sie hatte es satt, dass schüchterne Bauernmädchen zu sein. Doch vielleicht hatte sie sich übernommen und rutschte in eine falsche Schublade, in die sie gar nicht gehörte.

„Meinst du, ich habe etwas falsch gemacht? Werde ich zur Schlampe?" fragte Miriam unsicher und saß plötzlich wie ein Häufchen Elend vor Jaqueline. Diese sah sie mit durchbohrendem Blick an und schüttelte seufzend den Kopf. „Hat es dir Spaß gemacht?", fragte sie kühl. Nach kurzem Überlegen nickte Miriam. „Dann ist es doch egal, was die anderen denken. Du bist hier in einer Großstadt. Ich denke, an manchen Ecken würdest du eher auffallen, wenn du keine Schlampe wärst. Du darfst Sex haben, wie du willst, Miriam. Denk nicht immer so kleinkariert. Du bist doch nicht verheiratet. Und selbst wenn du es wärst: Ich kenne einige moderne Pärchen, die eine offene Ehe führen, in Swingerclubs gehen und sich gerne mal eine dritte oder vierte Person mit ins Bett holen. Das Kleinstadtleben ist vorbei und du solltest dich endlich daran gewöhnen, dass du in einer viel freieren Welt lebst. Und das meine ich ernst. Am Anfang ist Freiheit immer schön und gut, aber es hat auch seine Tücken. Und dieser Fredo ist ein Arschloch. Bitte verfall nicht seinem Charme. Er will jede nur einmal vögeln und auf keinen Fall keine Beziehung! Lass dich nicht von ihm einlullen!"

„Ich will gar keine Beziehung. Schon gar nicht mit ihm! Ich dachte erst, er wäre schwul." verteidigte sich Miriam und Jaqueline prustete los, während sie ihre Kaffeetasse ansetzte und ihren Kaffee auf dem Küchentisch verteilte. Schnell wischte sie mit einem Tuch alles weg und lachte.

„Hast du ihm das auch gesagt?" fragte sie begeistert und Miriam nickte selbstsicher. „Sehr schön. Zeig ihm, wo der Hammer hängt, Schwester. Fredo braucht das! Und du willst wirklich im ´Petite Cirque´ arbeiten? Wird das nicht zu viel?" fragte die Blondine besorgt. Miriam hatte das Gefühl, als würde sie mit ihrer großen Schwester sprechen und das gefiel ihr. Jaqueline war der Inbegriff der Schönheit und Coolness für sie. „Hattest du mal etwas mit Fredo?" fragte Miriam unverbindlich. Jaqueline erstarrte für einen kurzen Moment, stand auf und goss sich Kaffee nach. Als sie sich wieder setzte, erzählte sie: „Ich denke, ich war etwas verblendeter als du. Es ist ja auch schon sechs Jahre her, als ich von meinen Eltern geflohen bin. Ich war 17 Jahre und hatte die Schule geschmissen, mich durch alle Restaurants und Bars gejobbt, insofern sie nicht nach meinem Alter gefragt hatten. Ich dachte, die Welt liegt mir zu Füßen und alle wollen nur mich. Ich hatte einige Modeljobs, doch irgendwann war mir mein Barbie-Image zu langweilig. Im Prinzip ging es mir nur darum, meine Eltern zu schocken. Also machte ich eine Tätowierer-

145

Ausbildung bei Maik. Wir sind seit heute noch beste Freunde, aber damals dachte ich, er würde nur mich wollen und ich könnte eine Beziehung mit ihm anfangen. Er spielt gern und ist nicht zu zügeln, genauso wenig wie Fredo, bei dem ich mich ausheulen wollte, als Maik mir die Leviten gelesen hatte. Also warf ich mich Fredo in die Arme und wurde wieder enttäuscht. Seitdem habe ich es nicht wieder versucht. Wir sind zu jung, Miriam. Eine Beziehung oder jegliches Verlangen in diese Richtung macht uns nur unglücklich. Leb dich aus, aber verlang nicht zu viel." Jaqueline hatte Tränen in den Augen. Miriam traute sich nicht, etwas zu sagen und war wie erstarrt. „Hast du aufgehört an die Liebe zu glauben?" fragte sie erschrocken und ihre blonde Freundin lachte laut auf. „Ich habe nie daran geglaubt. Und werde es auch nicht. Du solltest es mir gleich tun, denn sonst wird dich diese Stadt auffressen." beschwor Jaqueline, trank ihren Kaffee in einem Zug aus und verließ die Küche. Miriam blieb allein zurück und dachte nach. Sie war nicht auf eine Beziehung aus und doch war ein Teil in ihr enttäuscht. Seufzend stand sie auf und wollte gerade in ihr Zimmer gehen, als es an der Tür klingelte. Maik stand breit lächelnd vor ihr, als sie öffnete. Er drückte sie fest an sich, wirbelte sie herum, stellte sie vorsichtig ab und schlich sich so an ihr vorbei, um in Jaquelines Zimmer zu gelangen. Kopfschüttelnd sah Miriam ihm nach. Wenn Jaqueline so von ihm verletzt wurde, warum nannte sie ihn noch immer ihren besten Freund und hatte Sex mit ihm?

Mit einem verständnislosen Blick auf Jaquelines Zimmertür schlurfte Miriam in ihr Zimmer, warf sich auf ihr Bett und nickte ein.

Straflust

Miriam lief durch ein Labyrinth mit hohen Hecken, rannte an bunt geschminkten Transvestiten und traurigen Clowns vorbei, wurde von verkleideten Kleinwüchsigen gegrüßt und von bissigen Hunden angegriffen. Trompeten und Harfen spielten und flogen durch die Luft. Ein Sturm zog auf und drückte Miriam in eine stachelige Hecke, Peitschen feixten auf sie zu, Fesseln schnappten nach Miriam und kicherten laut. Plötzlich hörte sie lautes Stöhnen rings um sie herum, die Peitschen kamen näher.

Es klopfte laut an ihrer Tür, Miriam erwachte. Benebelt sah sie Maik vor sich, der mit starrem Blick hereinkam. Miriam schüttelte sich und rieb ihre Schläfen. „Was ist los?" fragte sie genervt und blinzelte. Maik verschränkte die Arme, Jaqueline stand verschwörerisch lächelnd im Türrahmen. „Du hast mit Fredo aus Donnas Club geschlafen?" zischte er beleidigt. Miriam sah ihn mit großen Augen an. Sie wusste keine Antwort. „Du schläfst mit diesem Penner? Hat es wenigstens Spaß gemacht?" knurrte er weiter. Miriam war verdutzt. Was ging es Maik an? „Du lässt dich auf der Toilette ficken, wie ein billiges Flittchen." stellte er kühl fest und richtete sich bedrohlich vor ihr aus. „Was ist dein Problem?" keuchte Miriam verwirrt. Maik kam auf sie zu und stemmte sich über sie, sein Gesicht nah an ihrem. „Du lässt es dir von mir besorgen und rennst dann gleich zum Nächsten. Ich habe dich zuerst für ein braves kleines

Bauernmädchen gehalten, das sich von mir bekehren lässt. Aber ahne ich denn, dass du von Grund auf böse bist?" lächelte das Muskelpaket vor ihr. Miriam verzog das Gesicht. „Was willst du von mir, Maik?" fragte sie entnervt. „Werd nicht frech! Sonst muss ich dich noch heftiger bestrafen." drohte er und leckte sich die Lippen. „Noch mehr bestrafen?" fragte Miriam nach. Er nahm ihre Hand, zog Miriam aus dem Bett, stapfte an Jaqueline vorbei, die ihnen in ihr eigenes Zimmer folgte. „Auf das Bett!" befahl Maik und Miriam gehorchte verschüchtert. Sie beobachtete Maik, wie er Handschellen und Fesseln aus Jaquelines weißem Nachttisch zog und sah ihre blonde Mitbewohnerin fragend an, die sich genüsslich auf dem korallfarbenen Ohrsessel streckte, der direkt neben ihrer Zimmertür stand und ihr einen perfekten Blick auf das Bett bot. Maik packte unsanft Miriams linkes Handgelenk und befestigte es mit den Handschellen am oberen Bettrand, dasselbe tat er mit ihrem rechten Handgelenk. „Was hast du vor?" keuchte Miriam panisch, doch Maik lächelte nur vergnügt. Er nahm die beiden schwarzen Fesseln, die an langen

Bändern befestigt waren und nachdem er ihre Jeans und ihren pinken Tanga ausgezogen hatte, band er ihre Fußgelenke an den unteren Bettpfosten fest. Miriam zappelte, aber sie war fest gekettet. Siegessicher hockte Maik sich zwischen ihre gespreizten Beine und fletschte die Zähne. „Und jetzt musst du vor Lust unter mir zergehen, als Strafe für dein unsittliches Verhalten." flüsterte er und kniete sich herunter, um ihre Muschi zu lecken. Erst fuhr seine Zunge langsam ihre Schamlippen hoch und runter, dann umkreiste sie ihren Kitzler. Miriam stöhnte überrascht auf und spürte sofort, dass sie feucht wurde. Kräftig zog sie an den Handschellen, während Maik seinen Zeigefinger in ihr Loch steckte und langsam darin herum rührte. „Du liebst Bestrafungen." stellte er amüsiert fest und kniff sanft in ihre Schamlippen. Miriam keuchte wild und wand sich von einer Seite zur anderen, jedoch kam sie nicht weit. Sie wollte ihre Beine anstellen, aber ihre Füße waren gut verschnürt. Sie sah erst zu Maik herunter, der mit seiner Zunge weiter ihren Kitzler verwöhnte und sah dann zu Jaqueline, die genüsslich an ihrem linken Zeigefinger knabberte und mit ihrer rechten Hand in ihren Hotpants steckte. Miriam war fasziniert und wurde noch feuchter. „Deine Fotze trieft vor Geilheit." jubelte Maik, leckte seinen Finger ab und richtete sich auf, um seine Hose auszuziehen. Er kniete vor Miriam und spielte an seinem Schwanz herum, der immer länger wurde und scheinbar vor Lust pulsierte. Sie sah das dicke Teil vor sich emporragen und wollte es tief in sich stecken haben. „Steck ihn rein!" flehte sie lüstern, doch Maik lachte kopfschüttelnd. „Das hier soll eine Bestrafung sein, kein Genuss." meinte er. „Kein Genuss?" fragte Miriam enttäuscht. Maik beugte sich über sie und biss Miriam in die Unterlippe. „Noch nicht… Ich will dich leiden sehen." flüsterte er mit dunkler Stimme und steckt seine Zunge in ihren Mund. Gierig suchte ihre Zunge nach seiner. Seine großen Hände rutschen unter ihr Shirt und zwickten ihre Nippel. Miriam quiekte auf, hielt den Schmerz jedoch aus. Leicht kratzt er über ihren Bauch und sah sie mit funkelnden Augen an. „Ich markiere dich, kleine Schlampe. Damit mit Fredo beim nächsten Mal weiß, mit wem er es zu tun hat." knurret Maik genüsslich und rieb seinen Schwanz an ihren Schamlippen. Plötzlich schlug er mit der flachen Hand auf ihren linken Oberschenkel und lachte während ihrem Schreien auf. „Willst du meinen Schwanz?" fragte er provokant und Miriam nickte flehend. „Was hast du gesagt?" fragte Maik und Miriam schrie: „Ja! Ja, gib mir deinen Schwanz. Steck ihn in mich rein! Ich will ihn tief in mir spüren!" Sie hörte Jaqueline im Hintergrund kichern und sah, wie sie sich bereits unten herum ausgezogen hatte und langsam ihrem Kitzler mit zwei Fingern umkreiste. „Achte nicht, auf die kleine Hure da hinten. Sieh mich an." befahl Maik und lächelte verschwörerisch. Seine rechte Hand wanderte in Miriams Schritt und rieb heftig über ihre Schamlippen. Erneut keuchte sie auf und hatte das Gefühl, wahnsinnig zu werden. Er hielt inne und rammte seinen dicken Schwanz in ihr feuchtes kleines Loch und hielt kurz inne. Miriam keuchte laut auf und sah ihn mit großen Augen an. „Und jetzt mach ich dich fertig." warnte er sanft und stieß mit einer Schnelligkeit zu, die Miriam Sternchen sehen ließ. „Du bist ein böses Luder, Miriam. Und böse Luder müssen gezüchtigt werden, oder was meinst du?" fauchte Maik erregt. „Ja, züchtige mich. Mach mich fertig." rief Miriam und genoss das harte Stück Penis in sich. Maik beschleunigte noch mehr und stöhnte gemeinsam mit seiner brünetten Sklavin. Wieder kratzte er über ihren Bauch, doch dieses Mal machten sie die Schmerzen an. Maik fiel dies auf, deswegen kniff er in ihre Nippel und biss ihr in den Hals, im selben Moment schlug er seitlich auf ihren linken Oberschenkel. „Ihr seid zu geil." hörte Miriam Jaqueline stöhnen und ihr schnelles Atmen ließ darauf schließen, dass sie gerade einen Orgasmus hatte. Maik wurde langsamer, streichelte Miriams Brüste, sah sich kurz nach Jaqueline um und wandte sich wieder zu Miriam. „Willst du auch einen kleinen Orgasmus?" fragte er mit schiefem Lächeln und rammte einmal heftig zu. Miriam sah ihn vorwurfsvoll an und schwor, sich an ihm zu rächen. Er leckte kurz durch ihr Gesicht, beschleunigte erneut und ließ Miriam Minuten lang schreien. Dann zog er seinen Pimmel aus ihr heraus und machte es sich selbst, bis er sich auf ihren Brüsten entlud. Erschrocken sah sie ihm dabei zu und betrachtete das

weiß glänzende Sperma auf ihrer hellen Haut.
Erschrocken sah sie ihn an. „Hoffentlich hattest du
keinen Orgasmus." lachte er amüsiert und sprang vom
Bett. Vom Nachttisch nahm er sich ein Taschentuch und
wischte seinen erschlafften Penis sauber. Jaqueline zog
sich an und streckte sich. Miriam fühlte sich wie ein
Stück Vieh, das niemand beachtete. Ihre Brustwarzen
waren hart von dem Sperma, das langsam abkühlte und
nun bemerkte sie, wie ihre Hand- und Fußgelenke
schmerzten. Neugierig sah sie an sich herab und war
erschrocken von den roten Striemen auf ihrem Bauch, die
leicht bluteten und die Handabdrücke auf ihren
Oberschenkeln.

„Ich habe ganz schön Hunger." stellte Maik fest,
während er seinen Reißverschluss an der Hose hochzog
und sah Jaqueline an. Sie griff nach einer Wasserflasche
neben ihrem Bett und trank daraus. „Du glaubst doch
nicht, dass ich jetzt für dich koche." lachte sie frech und
stellte die Flasche wieder auf den Boden. „Wir könnten
Pizza bestellen." schlug Maik vor und lächelte Miriam
an. „Hast du auch Hunger?" fragte er schelmisch. „Ich

fände es ganz nett, wenn mich mal jemand befreien würde." knurrte sie und zog an ihren Fesseln. Lachend löste er jede Handschelle und die Fesseln. Jaqueline warf ihr eine Packung Taschentücher auf das Bett und verließ kopfschüttelnd das Zimmer. Miriam rieb sich die Handgelenke, rutschte zu den Taschentüchern und wischte sich das Sperma angewidert vom Körper. „Hey, schau nicht so! Das ist mein wertvolles Sperma!" meckerte Maik und verschränkte beleidigt die Arme. „Du könntest mir ruhig mal helfen, wenn es schon DEIN Sperma ist." muckte Miriam und stand auf. „Nein, das war die Bestrafung. Vögelst wie eine Wilde und gibst hier vor ein braves Mädchen zu sein!" sagte er kopfschüttelnd. Seufzend krempelte sie ihr Shirt herunter und zog ihre Hose an. „Aber es stört dich nicht, einfach deine Sachen wieder anzuziehen ohne zu duschen?" fragte Maik irritiert, doch Miriam zuckte gleichgültig mit den Schultern. Sie warf die benutzten Taschentücher in den Mülleimer unter Jaquelines Schminktisch und verließ mit Maik das Zimmer, um Jaqueline in die Küche zu folgen. Dort saß sie mit einer Zigarette in der Hand und einem Glas Saft auf dem Tisch. Miriam wusste nicht, was sie sagen sollte. Wieder fragte sie sich, ob es Jaqueline verletzte, wenn Maik mit jemand anderem Sex hatte, doch dann erinnerte sie sich, wie es sich die Blondine selbst gemacht hatte vor Erregung.

„Also,", fragte sie gut gelaunt. „Was bestellen wir für Pizza?"

Feuchte Träume

Der Wein zu der Pizza hatte Miriam endgültig müde gemacht. Erschöpft machte sie ihre Jalousien herunter, ließ sie sich in ihr Bett fallen und machte ihr Nachttischlicht aus. Sie war zu müde zum Duschen. Es war bereits 14 Uhr und in zwei Stunden wollte sie sich mit Betty treffen, um ihr mitzuteilen, dass sie kündigen wollte. Das Kellnern im Club hatte ihr mehr Spaß gemacht und jetzt hoffte sie, dass Betty ihr nicht böse sein würde. Außerdem würde es zeitlich einfacher zu planen sein, im Club bei Donna zu arbeiten, als tagsüber vor den Vorlesungen zu Bettys Laden hetzen zu müssen.

Miriams Augen wurde schwer und fielen allmählich zu.

Leise klopfte es an der Tür und sie ging einen Spalt auf. Miriam sah Jaqueline hereinschleichen und zu sich unter die Decke legen. Sie legte ihren Zeigefinger auf Miriams Lippen und streichelte ihren Rücken. Jaqueline lächelte verführerisch und drückte ihre Lippen auf Miriams. Sie fühlten sich warm und weich an und schmeckten nach Vanille. Miriam umklammerte Jaqueline und zog sie näher an sich heran. „Ich kann doch nicht einfach zuschauen, wie Maik dich verführt und dabei nicht heiß auf dich werden." flüsterte die Blondine in Miriams Ohr und strich eine Haarsträhne zurück, ihr Daumen fuhr sanft über Miriams Lippen. Sie hielt etwas Längliches in ihrer anderen Hand, Miriam konnte jedoch nicht erahnen, was es sein sollte. „Findest du mich wirklich so gut?" fragte die Brünette verunsichert und schluckte. Jaqueline kicherte. „Du bist so süß, das macht mich richtig an. Du hast keine Ahnung, wie heiß du aussiehst und wie scharf du mich mit deiner schüchternen Art machst." erklärte ihre blonde Freundin leise und zückte das längliche Ding in ihrer linken Hand. „Sieh dir das an." meinte sie, machte Miriams Nachttischlampe an und zeigte stolz ihr Spielzeug. „Ist das ein Dildo?" fragte Miriam erschrocken und war verblüfft von dem blauen Spielzeug in Überlänge. „Nicht nur ein Dildo. Das ist ein Doppeldildo für doppelten Spaß. Den habe ich mir im Internet bestellt, weil ich die Vorstellung heiß fand, ihn mit dir auszuprobieren." erzählte Jaqueline und sah Miriam zwinkernd an. „Ich habe so etwas noch nie ausprobiert." murmelte Miriam skeptisch und fasste den Dildo an. Er war weich und leicht gewellt. Das sollte in ihr stecken? „Mach dir keine Sorgen, wir probieren das einfach aus. Erst machen wir uns richtig scharf und dann schauen wir, wie sich das Teil anfühlt." schlug Jaqueline vor, legte den großen Doppeldildo zur Seite und setzte sich auf Miriam. „Jetzt will ich dich erst einmal für mich allein." lechzte sie und beugte sich herunter, um Miriam lange und innig zu küssen. Miriam schmolz dahin. Sie war fasziniert von Jaqueline und wollte alles mitmachen, was sie vorschlug. Schon wurde sie feucht und tastete sich vorsichtig mit ihrer Zunge vor. Jaqueline ließ sie gewähren und zog ihr weißes Top und den BH aus. „Fass mich bitte an, Miriam." flehte sie verzweifelt und stöhnte, als die Brünette langsam ihre Brüste massierte und sanft in ihre Nippel zwickte. Erregt zog die Blondine das T-Shirt von Miriams Körper und küsste ihre Brüste. Unglaubwürdig streichelt Miriam die gebräunte Haut. Jaqueline rutschte zwischen Miriams gespreizte Beine und rieb ihren Körper hin und her, als Tanga an Tanga lagen. Miriam spürte ein Kribbeln in ihrem Schoß und warf genüsslich den Kopf in den Nacken. „Du bist so heiß, Miriam. Ich will mehr von dir." stöhnte Jaqueline und rieb mit ihrer Hand zwischen Miriams Beinen. „Mehr von mir?" seufzte die Brünette erregt und knetete wieder Jaquelines wohl geformte Brüste. „Du bist so schön." flüsterte sie begeistert und Jaqueline lachte. „Ich will Sex mit dir. So wie ihn versaute Mädchen machen. Lass es uns tun." bat Jaqueline, zog ihr schwarzes Höschen aus und rieb mit ihrer Hand über ihren Kitzler. Miriam riss sich hastig ihren Tanga vom Leib und streckte sich ihrer Freundin hin, die sich seitlich mit ihrer

Muschi auf ihre setzte und langsam mit kreisenden Bewegungen begann. „Deine Fotze pulsiert." stellte Jaqueline erfreut fest und drückte ihre Muschi noch fester an Miriams Körper. „Das ist geil!" seufzte Miriam und begann an Jaquelines Kitzler zu spielen, wodurch diese laut zu stöhnen anfing. Die Blondine warf ihren Kopf in den Nacken und stöhnte laut, bis es nur noch ein erschöpftes Quieken war und sie am ganzen Körper zitterte. So sah also ein Orgasmus bei einer Frau aus, stellte Miriam stolz fest. Jaqueline griff nach dem Doppeldildo und hockte sich vor Miriam, um langsam das eine Ende einzuführen. Miriam war überrascht, wie schnell es in sie hinein flutschte und stöhnte, als Jaqueline den richtigen Rhythmus fand. Sie spielte eine Weile mit dem Spielzeug herum, bis sie sich wieder auf Miriam setzt und den Dildo in sich steckte. Jaqueline lehnte sich etwas zurück, spreitzte die Beine und saß Miriam gegenüber, sah sie provokant an und begann sich vor und zurück zu bewegen. „Mach es mir nach. Das ist so gut, Miriam!" stöhnte sie befriedigt und wartete auf Miriams Einsatz. Sobald sie ihren Rhythmus gefunden hatten, explodierten die Gefühle bei Miriam. Ihre Muschi kribbelte und jubelte, sie wurde immer feuchter. „Das Ding ist der Hammer." stöhnte sie und nahm Jaquelines Nicken kaum war. Ihre blonde Freundin griff nach vorn, ertastete Miriams Kitzler und rieb leicht darüber. Miriam wurde fast wahnsinnig, doch wollte sie mehr. Immer mehr Druck baute sich in ihrem Unterleib auf, bis sie plötzlich ein Feuerwerk in sich spürte und zu zittern begann. Sie griff nach Jaquelines Hand und wehrte sie ab und verspürte einen leichten Schmerz. „Mach es mir!" befahl Jaqueline und Miriam tat es ihr gleich. Jaqueline schrie, wand sich und zitterte vor Lust. Ihre Brüste wippten auf und ab, während sie einen Orgasmus bekam. Erschöpft fielen sie beide auf das Bett, zogen den Dildo aus sich heraus und warfen ihn zu Boden. „Das mach ich später sauber, Mausi." flüsterte Jaqueline und kuschelte sich an Miriam. Sie war zu erschöpft, um zu reden und ließ ihre Augen zu fallen.

Jeder darf mal ran

Miriam hetzte durch die Stadt und überlegte, wohin Jaqueline gegangen war. Als ihr Handy klingelte und sie aus dem Schlaf riss, war Jaqueline verschwunden, genauso wie ihr Wunderspielzeug. Im ersten Moment wusste sie nicht, wo sie war und warum sie keine Sachen anhatte, aber dann war ihr Jaqueline wieder eingefallen. Hastig hatte sie sich bei Betty am Telefon entschuldigt und war in ihre Sachen geschlüpft, hatte sich mit Deospray und Parfüm übergossen und war mit ihrer Handtasche los gerannt. Erhaben saß Betty an einem Tisch in der ´goldenen Kirsche´ mit einem marineblauen Hosenanzug und einem dazu passenden Häubchen auf dem Kopf. Im Kontrast dazu waren ihre gespitzten Lippen knallrot geschminkt, ihre großen grünen Augen dunkel umrandet. Vorwurfsvoll sah sie die zerzauste Miriam bei ihrem Eintreffen an. „Du siehst fertig aus." bemerkte sie trocken und bot ihr den Stuhl gegenüber an. Miriam murmelte eine Entschuldigung dahin und setzte sich. Sie bestellte einen Milchkaffee und sah ihre Chefin reumütig an. „Tut mir leid. Ich habe aufregende Tage hinter mir, das schlaucht ein wenig." erklärte Miriam sich und sah beschämt auf den Tisch. „Also, was willst du mir erzählen?" fragte Betty und stützte ihren Kopf auf ihre Handrücken. „Ich muss kündigen." platzte die Brünette vor ihr heraus und kratzte nervös im Holz des Tisches herum. „Kündigen? Nach so kurzer Zeit? Bist du wahnsinnig?" fragte Betty erschrocken und sah sie empört an. „Ich habe in Donnas Club Probe gearbeitet und es beißt sich nicht mit meinen Vorlesungszeiten. Ich weiß, ich habe erst vor kurzem bei dir angefangen, aber es geht nicht anders." rechtfertigte Miriam sich und atmete tief durch. Betty sah sie mit scharfem Blick an. Minutenlang sagte sie nichts und plötzlich zuckte sie gleichgültig mit den Schultern. „Was soll ich machen? Es ist deine Entscheidung. Donnas Club ist spannender als mein Laden und dort gibt es sicherlich ein gutes Trinkgeld.", entschuldigte sie und winkte ab. „Es wäre ganz nett gewesen, jemanden zu haben, der mich ab und zu ablösen könnte, aber es ist immer noch mein Laden.

Ich liebe es da zu arbeiten und ich schaffe das allein."
Miriam war erleichtert und atmete tief durch. „Wie ist es
bei Donna? Akzeptieren sie da überhaupt ein richtiges
Mädchen?" kicherte Betty in ihre Kaffeetasse. „Ja, klar.
Dort arbeiten auch normale Männer. Es ist sehr entspannt
und witzig. Natürlich war viel los, aber am Ende des
Abends weiß ich, was ich getan habe." erklärte Miriam
lachend. „Normale Männer? Was heißt das?" wollte
Betty neugierig wissen und hob gespannt die
Augenbrauen. „Ich meine keine Verkleideten."
antwortete Miriam. „Ist jemand von denen
gutaussehend?" fragte Betty und spitzte die Ohren.
Miriam sah sie verlegen an und errötete. „Erzähl mir,
was passiert ist!" schrie Betty und warf alle Blicke auf
sich. Miriam vergrub ihr errötetes Gesicht in ihren
Händen, wartete einige Minuten ab, bis sich das
Publikum wieder abwandte. „Betty, bitte! Müssen wir da
jetzt drüber reden?" flüsterte Miriam. „Du hast also da
mit einem geschlafen." stellte Betty entsetzt fest. „Mit
dem Barkeeper. Es hat sich spontan ergeben, als er mir
die Toiletten gezeigt hat." murmelte Miriam

164

schulterzuckend und Betty lachte laut auf. „Du bist so ein Flittchen, Miriam. Darf bei dir denn jeder ran?" kreischte sie unglaubwürdig. Wieder drehten sich alle tuschelnd zu ihnen. „Betty! Was soll das?" fauchte Miriam beschämt. „Es tut mir leid, Süße. Aber du warst vor einer Woche noch das kleine schüchterne Bauernmädchen und seit ein paar Tagen lässt du dich von jedem ficken, den du finden kannst. Mich wundert es, dass du dich nicht schon an Donna rangemacht hast! Ein Transvestit fehlt sicherlich noch in deiner Sammlung, oder?" scherzte Betty und Miriam stand wutentbrannt auf. „Ich muss mich doch nicht von dir lächerlich machen." zischte sie und verließ das Lokal. Mit Tränen in den Augen lief sie durch das regnerische Berlin, blieb vor einem Schaufenster stehen und sah sich darin an. Mit verschmiertem Make-Up und dunklen Augenrändern war sie erschrocken über ihr eigenes Spiegelbild.

Fuck forever

„Wir gehen heute feiern! Ich halte es nicht mehr aus!"
schrie Miriam durch die Wohnung und rannte in das
Badezimmer. Sie zog sich aus, sprang unter die Dusche
und Jaqueline kam rein. „Reg dich nicht so auf. Betty ist
nun mal ehrlich, aber sie meinte es nicht so. Sie meint es
nie böse." erklärte die Blondine und kämmte sich vor
dem Spiegel die Haare. „Das ist mir egal. Es hat mich
verletzt. Ich fühle mich wie eine Hure." meckerte Miriam
und schmierte ihren nackten Körper mit Duschgel ein.
„Schätzchen, was interessiert es dich? Du bist eine Hure,
eine richtig gute und dafür bist du meine Mitbewohnerin.
Du bist heiß. Sieh es als Kompliment, dass wir dich alle
vögeln wollen." meinte Jaqueline schulterzuckend und
zückte ihren Puderpinsel. „Danke." murrte Miriam und
stieg aus der Dusche. Das Wasser tropfte über ihren
nackten Körper und ließ ihre Nippel hart werden.
Jaqueline sah sie fasziniert an und Miriam bemerkte ein
Blitzen in ihren Augen. „Was ist?" fragte sie genervt. Die
Blondine legte ihren Pinsel zur Seite und ging langsam

auf ihre Mitbewohnerin zu. Sie strich Miriam eine nasse Strähne hinter das Ohr, packte sie an den Schultern und drückte Miriam zurück in die Dusche. Jaqueline stellte das warme Wasser erneut an und es prasselte auf die überraschte Brünette nieder. Kichernd stieg ihre Freundin ebenfalls unter die Dusche, ihre engen Sachen klebten an ihrem gebräunten Körper. Sie hockte sich vor Miriam und stupste mit ihrer kleinen Nase an ihren Kitzler. Miriam zuckte leicht zusammen und staunte. Jaquelines Zunge war zwar vorsichtig, doch sehr flink. Verzweifelt krallte Miriam ihre Finger in die Kacheln der Dusche. Die Wassertropfen wärmten ihren Körper, aber durch Jaquelines Spielerein bekam Miriam eine Gänsehaut. Vorsichtig strich ihr die Blondine über die Innenseiten ihrer hellen Oberschenkel und ließ sie erzittern. Jaqueline stellte sich hin, zog langsam das nasse Top von ihrem Körper und genoss das Kitzeln des warmen Wasserstrahls an ihren Nippeln. Miriam schmiegte sich an sie und leckte an der nassen Schulter der Blondine. „Du bist ein Traum." hauchte sie Jaqueline ins Ohr. Sie bis ihr vorsichtig in die Lippe und leckte ergeben mit ihrer Zungenspitze darüber. „Ich bin so scharf auf dich, meine kleine Nutte." kicherte die Blondine erregt und griff nach Miriams feuchten Brüste, knetete sie leidenschaftlich und leckte ihren Hals. Die Hand der Brünetten fuhr in Jaquelines Schritt und ließ sie laut aufstöhnen. Langsam rieb sie ihre Hand hin und her, immer schneller und schneller, spürte die Blondine feucht werden und immer lauter aufstöhnen und zusammen zucken. Miriam gefiel dieses Spiel. Sie machte eine wunderschöne Frau verrückt, ohne großen Aufwand. Jaqueline fuhr mit ihrer Hand in Miriams rasierten Schritt und rieb heftig ihren Kitzler. Überrascht quiekte die Brünette auf und kippte mit ihrem Oberkörper leicht nach vorn. Jaqueline lachte siegessicher und griff mit ihrer Hand weiter nach hinten, um mit ihrem Zeigefinger in Miriams feuchter Fotze zu verschwinden. Miriam stöhnte und biss sich auf die Zunge, während sie den Finger immer tiefer in sich gleiten ließ. Immer wieder bewegte Jaqueline ihn rein und raus, Miriam sah Sterne vor ihren Augen vor Ekstase. Sie rieb weiter zwischen den weichen

Schamlippen der Blondine und seufzte genüsslich. Jaqueline begann zu zittern, bewegte ihre Beine immer wieder und atmete schneller. Jaquelines Haut glänzte unter Wasser, ihre blonden langen Haare klebten an ihrem Rücken, ihre strahlenden blauen Augen starrten Miriam erregt an. Miriam errötete bei ihrem Blick und hielt für eine Sekunde inne, bevor sie Jaqueline einen lauten Orgasmus beschaffte. Jaqueline zog ihren Finger aus Miriam und leckte seufzend daran. „Du bist so gut zu mir." hechelte sie und küsste die Brünette innig. „Willst du auch deinen Spaß haben?" fragte sie verführerisch, aber Miriam stockte und schüttelte schüchtern den Kopf. Was war plötzlich mit ihr los? Sie starrte verlegen in Jaquelines blaue Augen und schluckte. „Es reicht mir schon dich vor Geilheit explodieren zu sehen." lächelte sie und stellte die Dusche aus. Ihren Blick auf den Boden gewandt, stieg sie aus der Dusche und trocknete sich ab. Sie konnte Jaqueline nicht mehr in die Augen sehen.

Stumm machten sich die beiden fertig, quetschten sich in kurze Kleidchen und hohe Schuhe und verließen die Wohnung. Donna wartete in einem Taxi vor ihrem Haus und begrüßte die beiden mit einer Flasche Prosecco. „Na, kleine schlampe? Ich habe gehört, du hast meinen Barkeeper gevögelt?" begrüßte sie die entsetzte Miriam und lachte laut. Jaqueline kicherte und erntete einen bösen Blick von ihrer Mitbewohnerin. „Stell dich nicht so an, du Küken. Genieß das Leben.", kokettierte der Transvestiert belustigt und nahm einen Schluck aus dem einzigen Sektglas, das sie in ihrer türkisen Handtasche mitführte. „Es tut mir leid, Mädels. Aber ihr seid offiziell anerkannte Ladies, ihr könnt ohne Gewissensbisse aus der Flasche trinken. Ich muss mir diesen Titel hart erkämpfen, also bekomme ich das stilvolle Glas." Miriam und Jaqueline sahen sie entrüstet an und schüttelten die Köpfe. Sie sah die beiden mit durchdringendem Blick an. „Nun trinkt schon. Wir wollen doch feiern, oder?" zischte die hochgewachsene Blondine und leerte ihr Sektglas in einem Zug.

Die nackte Wahrheit

Miriam kreiste um ihren eigenen Geist und schwankte auf ihren wackeligen Beinen. Der letzte Wodka musste schlecht gewesen sein. Erschöpft ließ sie sich auf einem Barhocker im ´Le petite Cirque´ nieder und bestellte bei Fredo eine Cola. „Du sollst hier arbeiten und dich nicht kostenlos betrinken!" scherzte er und stellte ihr ein kühles Glas vor die Nase. „Du wartest doch nur darauf, mich wieder vögeln zu können." kommentierte Miriam beschwipst und griff grobmotorisch nach dem Glas und nippte vorsichtig daran. „Du hältst dich wohl für unglaublich scharf." sagte er süffisant und trocknete einige Gläser vor der Spüle ab. „Nein. Um ehrlich zu sein, weiß ich nicht, was ihr alle an mir findet. Aber ich habe in kürzester Zeit gelernt, Blicke zu deuten. Und du willst mich." erklärte Miriam achselzuckend und lutschte kichernd an einem kleinen Eiswürfel aus ihrem Getränk. Sie kam sich billig vor. In den letzten Stunden war ihr bewusst geworden, dass sie leicht zu haben war und das störte sie einerseits. Auf der anderen Seite wollte sie

Freiheit und mehr von dem Sex, der sie durchdrehen ließ. Deswegen blieb sie willig und genoss ihr verruchtes Leben. Sie sah zur Seite und beobachtete ihre Freunde Donna, Jaqueline und Maik, die sich in eine Ecke des Clubs gelümmelt hatten und sich angeregt unterhielten. Miriam musste ehrlich zu sich sein: Sie wollte unbedingt etwas mit dem Transvestiten anfangen, wusste aber nicht, wie sie sich wieder aus der letzten Misere, die sie halbnackt mit Donna durch hatte, retten konnte. Fast hätte Donna völlig den Kontakt zu ihr abgerissen und das konnte sie nicht erneut riskieren. Und doch sah Donna mit ihrem leicht zerzausten Haar und dem vom Alkohol verklärtem Blick anziehend aus. Ihre maskulinen Gesichtszüge und das sorgfältig gebügelte Damenkostüm verwirrten Miriam noch immer, aber gleichzeitig zog es sie an. „Oder eher aus…" murmelte sie lächelnd und nahm einen Schluck ihrer Cola und wandte sich wieder Fredo zu, der sie nachdenklich musterte. „Was ist los?" fragte sie mürrisch. Fredo zuckte grinsend mit den Schultern und wandte sich einer anderen Transvestitin zu, mit langen dunklen Wellen und einem glitzernden

Minikleid.

Miriam beobachtete das Treiben um sie herum und ließ den Schwindel langsam ausklingen. Schwankend erhob sie sich und torkelte schwerfällig zu ihren Freunden an den runden Tisch. Maik hatte seinen Arm locker um Jaquelines Schultern gelegt, Donna nippte quietschfidel an einem Long Island Ice Tea. Müde ließ sich die Brünette neben dem Transvestiten fallen und stöhnte laut auf. „Was ist los, Puppe? Kannst du schon nicht mehr?" Maik stupste sie an. Miriam sah ihn an, beobachtete die fast schlafende Jaqueline, die zufrieden lächelte und in seinem Arm lag. Miriam lehnte sich zu Donna und sah sie augenzwinkernd an. „Die beiden gehören doch für ewig zusammen, oder?" flüsterte sie in das Ohr der großen Frau und Donna kicherte. „Das erzähle ich den beiden Tauben schon seit einer Ewigkeit, aber die Angst ist zu groß, dass es doch zu perfekt ist." erklärte sie sarkastisch. Miriam schaute Maik kritisch an, dieser zuckte mit den Schultern und nippte an seiner Bierflasche. „Was sollen wir beide mit einer Beziehung? Das funktioniert doch eh nicht." murrte er und starrte auf die Showbühne des Clubs, auf der ein rothaariger Transvestit, Sweet Samantha genannt, stilvoll und überzeugend Marylin Monroe nachahmte.

„Aber ihr seid perfekt füreinander! Und wenn euch langweilig ist, könnt ihr euch doch noch ein paar Leute ins Bett holen." schlug die Brünette vor und trank ihre Cola leer. „Dich zum Beispiel?" lachte Maik und weckte die angeschlagene Jaqueline. „So meinte ich das nicht. Ich bin nur der Meinung, dass ihr füreinander geschaffen seid." murmelte Miriam und starrte auf ihr leeres Glas.

„Wollen wir nach Hause fahren, Miriam? Ich bin todmüde von dem Whisky." krächzte die Blondine und fuhr sich durch ihr zerzaustes Haar. „Jetzt schon?" fragte Miriam entsetzt und sah Donna an. „Wenn du noch mit mir hier bleiben willst, nehmen wir zusammen ein Taxi. Maik, bring Jaqueline nach Hause." befahl der Transvestit. „Und wenn ich noch hier bleiben will?" zischte Maik genervt. „Ich kann auch alleine nach Hause fahren." bemerkte Jaqueline desinteressiert und wühlte in ihrer kleinen Handtasche nach ihrem Hausschlüssel.

„Genau. Und dann sitzt irgendein perverser Taxifahrer in dem Wagen, der nur auf dich gewartet hat." behauptete Maik und Miriam lachte. „Sicherlich ist ganz Berlin voll von Männern, die auf einsame, übermüdete Partymäuse warten, um sie zu vergewaltigen. Am besten du begleitest sie und spielst Jaquelines Held." gestattete Miriam und kicherte. „Du willst mein Held sein?" fragte Jaqueline verwirrt. „Natürlich. Und du wärst gerne die Prinzessin. Miriam hat euch nach kürzester Zeit durchschaut. Mag wohl daran liegen, dass ihr zu dritt so oft poppen musstet." erklärte sich Donna. Miriam lief rot an und wusste nichts zu antworten. Schulterzuckend klopfte sie auf Maiks Oberschenkel und stand gemeinsam mit ihm auf. Beide verabschiedeten sich und verschwanden.

Donna sah Miriam an. „Und was machen wir zwei Hübschen jetzt noch?"

Das letzte Mal

Kreischend drehte Miriam sich zu ´Saturday Night Fever´ und lachte, während sie von den andern Leuten kichernd angestarrt wurde. Donna bestellte einen Cocktail nach dem anderen und lachte amüsiert über Miriams Offenheit. Sie warf ihre Haarmähne zurück, sprang herum und ruderte mit ihren Armen. Alles drehte sich, doch in diesem Moment machte es Spaß. Sie drehte sich, die Lichter verschwammen zu einem bunten Meer, die Musik waberte vor sich hin und sie atmete tief durch. So schmeckte die Freiheit. Miriam hatte keine Sorgen, keine Probleme, alles lief wie es sollte.

„Was trinken wir jetzt?" schrie sie Donna zu, die nur mütterlich den Kopf schüttelte. „Du hast genug, Fräulein. Ich finde, wir setzen uns mal hin und entspannen uns eine Runde." schlug sie vor, nahm die junge Frau an die Hand und zog sie von der Tanzfläche zur Bar. Sie setzten sich auf die hohen, dunklen Hocker und Donna bestellte zwei Glas Wasser. Sie sah Miriam skeptisch an und schüttelte den Kopf: „Du bist unmöglich. Mutti kann dich eigentlich nicht allein lassen." Miriam sah sie fragend an. Der Transvestit seufzte. „Ich denke, ich werde Berlin demnächst verlassen." gestand die große Blondine und ihre Freundin erstarrte erschrocken. „Was?" brachte sie nur hervor und ihr Mund fiel auf. Donna lachte traurig. „Du mit deinen großen, lebhaften Rehaugen.", flüsterte sie und starrte ihr Glas an. „Ich habe ein Angebot in Hamburg für eine Transvesti-Show bekommen, dass ich nicht ablehnen kann. Es wird eine gute Promotion für diesen Laden sein und vielleicht können wir uns nach Hamburg erweitern." „Aber du lässt das ´Petite Cirque´ zurück!" stammelte Miriam entsetzt und versuchte klar zu denken und einen Punkt vor sich fest zu fixieren. „Die Mädels kommen hier sehr gut ohne mich zurecht. Und ich bin eine Diva, der schnell langweilig wird. Berlin ist hip, aber allmählich fühle ich mich alt zwischen all diesen neugierigen Frischlingen aus den Provinzen. Nichts gegen dich, Häschen. Aber ich habe das Gefühl, da ist irgendwo mehr für mich." erklärte sie sich und fuhr durch ihre Extensions. Miriam schluckte ein paar Tränen weg. So wenig sie nachvollzog, aus welchen Gründen

aus einem Mann Donna geworden war, so mehr hatte sie
sich an sie gehangen und nun wurde ihr der Boden unter
den Füßen weg gezogen. „Weißt du, wir kennen uns
noch nicht allzu lange. Aber das macht mich traurig."
murmelte sie verlegen und tippte mit ihrem linken
Daumen an ihr Glas, während sie es immer fester
umkrallte. „Kindchen, das Leben wird immer weiter
gehen. Man macht Bekanntschaften, aber nur wenige
bleiben bei dir. Und ich werde nicht ewig weg sein.
Dafür liegt mir dieses alte Schiff zu sehr am Herzen.
Wenn du genau dieses Leben schon immer wolltest, wirst
du hier sein, wenn ich wieder zurück bin.", Donna
tätschelte Miriams Oberschenkel. Diese seufzte
verzweifelt und trank einen Schluck aus ihrem Glas. „Ich
verschwinde mal kurz auf die Toilette." krächzte sie und
stand auf. Mühsam torkelte sie an der Bar vorbei, schritt
die Treppe nach unten, immer bedacht auf ihren hohen
Schuhen nicht zu stolpern und flüchtete in die
Damentoilette.

Schluchzend stellte Miriam sich vor den großen Spiegel
und sah sich ihr müdes Spiegelbild an. „Warum heulst

du?" fragte sie sich krächzend. In ihrer kleinen Handtasche wühlte sie nach einem Taschentuch, doch als sie nichts fand, rannte sie in eine Kabine und nahm sich etwas Toilettenpapier. Wieder vor dem Spiegel stehend, tupfte sie vorsichtig ihre Wangen ab. Sie wollte nicht, dass Donna sie verließ. Aber sie würde die Meinung des Transvestiten nicht ändern können, dafür war Donna zu eigensinnig. Und auf gewisse Weise verstand sie die große Blondine. Es ging Donna um mehr als nur das alltägliche Leben, genau wie Miriam. Und doch fühlte sie sich mit ihr zusammen sicherer und hatte gehofft, dass sie noch viel Zeit mit Donna verbringen könnte. Seufzend wusch sie sich die Hände mit kaltem Wasser, klatschte sich mehrmals auf die Wangen und reckte ihren Kopf stolz nach oben, als wäre nichts gewesen.

Fredo stand vor ihr und sah sie mit großen Augen an, während sie die Damentoilette verließ. „Hast du geweint?" fragte er erschrocken und streckte seine Hand nach ihrem Gesicht aus. Miriam zuckte zurück, als er sanft über ihre Wange strich und sie verlegen anlächelte.

„Was geht dich das an? Es ist schon spät. Ich werde nach Hause fahren." zischte sie mit roten Wangen und versuchte an Fredo vorbei zu kommen, doch er hielt sie an ihrem Handgelenk fest. „Ich wüsste etwas, dass dich aufmuntern könnte." Seine Augen leuchteten vor Erregung. Miriam sah ihn schockiert mit schiefem Blick an. „Wirklich?", quietschte sie schrill und verschränkte entsetzt die Arme. „Du denkst jetzt an Sex?" Mit unschuldigem Blick zuckte er mit den Schultern und sah sie flehend an. „Du kannst doch ein paar Glückshormone gebrauchen, oder?" fragte er augenzwinkernd. Miriam sah ihn an und dachte nach. „Komm schon. Nicht denken, einfach machen. Hier geht es um Spaß. Du sollst mich doch nicht heiraten." lachte er und zog Miriam zu sich heran. Angewidert drückte sie ihn von sich weg und schrie: „Ich werde mich nicht von dir verarschen lassen. Du bist es nicht wert und ich bin zu schade für deine Scherereien. Ich gehe jetzt nach Hause. Mir ist es egal, wen du heute noch poppen willst." Sie rang sich aus seiner Umarmung und stapfte davon.

Etwas besseres

„Was ist passiert?" fragte Donna besorgt, doch Miriam winkte ab. Sie wollte nicht darüber reden, sondern nur nach Hause. Seufzend schlängelte sie sich durch die tanzende Menge, ging hinter die bar und nahm sich ein Glas, um sich eine Bacardi-Cola zu mixen. Sollte Fredo in diesem Moment auftauchen und meckern, würde sie ihm die Leviten lesen. Miriam war mit der Situation überfordert, wollte weg von dem ganzen Sex und den unnatürlich gut aussehenden Menschen.

Donna setzte sich auf einen Barhocker und beobachtete Miriam. „Du sollst mir sagen, was los ist. Ich habe einen hohen Rang in diesem Schuppen. Ich kann dir helfen." Erzählte die hoch gewachsene Blondine und bestellte ein Glas Prosecco bei dem Aushilfsbarkeeper. „Es ist einfach zu viel für mich, Donna. Ich komme vom Land und fühle mich wie eine Prostituierte in ihrem ersten Lehrjahr." wimmerte die junge Brünette. Der Transvestit lachte laut auf, trank einen Schluck und schüttelte mit dem Kopf. „Ich frage mich,", begann sie stöhnend. „Wie oft dir noch erzählt werden muss, dass du dich nicht so anstellen sollst. Es wird Zeit, dass du erwachsen wirst. Und wer erwachsen ist, der hat nun mal Sex. So oft man möchte, wo man möchte und mit wem man möchte. Ich fühle mich wie meine Biologielehrerin aus der siebten Klasse. Du bist keine 13 mehr, Kindchen. Ich habe übrigens ein Taxi für uns bestellt. Die Party ist vorbei."

Donna stand auf und verabschiedete sich auf der Tanzfläche von den wenigen Transvestiten, die langsam Arm in Arm zu einem neumodischen Liebeslied hin und her wiegten und hakte sich bei Miriam ein, als sie ihr Glas leerte und verdattert den Club verließen. Es war windig an diesem Samstagmorgen in Berlin. Am Himmel waren die ersten Anzeichen des neuen Tages zu erkennen. Auf der anderen Straßenseite lungerten zwei Personen herum, die sie kaum beachteten. Es war reger Verkehr, Donna winkte ein Taxi heran, das träge vor ihnen auf dem Bürgersteig hielt. Die groß gewachsene Blondine schubste Miriam in den Mercedes, die in diesem Moment bemerkte, dass ihr fast die Augen zu fielen.

Sie fuhren durch Berlin; Gebäude und Laternen rauschten an ihnen vorbei. Das Fahren wiegte Miriam hin und her, bis sie einnickte.

„Zuckerpuppe, du musst mit mir aussteigen." hörte sie Donna flüstern, als sie an der Schulter angetippt wurde. Durcheinander fuhr sie durch ihr Haar und sah sich um. Das Taxi stand vor Donnas Wohnung. Es war niemand auf den Straßen zu sehen, die Gegend wirkte einsam und seltsam. „Fahre ich nicht nach Hause?" fragte Miriam und kramte nach ihrem Geld. „Das bezahle ich, Schätzchen. Mach dir keine Sorgen. Du schläfst einfach bei mir und kannst morgen nach Hause." schlug Donna vor, zahlte ein großzügiges Trinkgeld und schubste Miriam aus dem Auto. Der Wind wehte um ihre nackten Beine, sie froren vor Müdigkeit. Beide schritten wortlos zur Eingangstür, durch den Treppenflur und in Donnas Wohnung hinein. Erleichtert schmiss Miriam ihre hohen Schuhe in Donnas Flur und sank auf dem großen Sofa im Wohnzimmer zusammen. „Keinen Anstand." hörte sie Donna murmeln, die sich entspannt die Füße massierte und sich neben Miriam setzte. Diese lehnte sich an den

Transvestiten, schloss die Augen und schlief sofort ein.

Außergwöhnlich

„Puppe, du hast genug geschlafen." begrüßte Donna Miriam und drückte ihr einen innigen Kuss auf den Mund. Die junge Frau war sofort wach und starrte den Transvestiten ungläubig an. Donna trug einen schwarzen BH, ein schwarzes Mieder und daran hing ein schwarzes Strapsband. Sie beugte sich über die verschüchterte Frau und leckte sich über die Lippen. „Was hältst du von ein bisschen verrücktem Spaß? Du hast ja gestern gemerkt, dass die ´Männer´ unglaublich romantisch und spaßig bei ihrem Sex sind. Jetzt zeige ich dir mal, was eine Dragqueen dir alles zeigen kann." versprach der blonde Transvestit und drückte ihre Münder erneut aneinander. Miriam roch Vanille und Kokos an Donna. Sie war verwirrt, traute sich jedoch nicht, sich zu wehren. Sie war neugierig.

Donnas Hände wanderten zu Miriams Brüsten,

massierten sie sanft und fuhren zum Reißverschluss ihres
Kleides, den sie mit gewohnter Leichtigkeit öffneten.
Kichernd riss die große Blondine den Stoff von Miriams
Körper und lechzte, als sie den schlanken, halbnackten
Körper vor sich sah. „Es ist ein Segen, eine unschuldige
Dorfschönheit im Bett zu haben. In den letzten Jahren hat
es sich bei mir eher auf die kunterbunten Paradiesvögel
beschränkt und das waren meist Männer." erklärte sie
und fasste behutsam in Miriams Schritt, um sie zu
streicheln. Die überraschte Frau sog Luft zwischen ihre
Zahnreihen hindurch und genoss die zarten Berührungen.
So war sie seit einiger Zeit nicht mehr angefasst worden.
Zwar irritierte sie es, dass sie diese Streicheleinheiten
von einem verkleideten Mann bekam, aber in diesem
Moment wollte sie nur bekommen, wonach sie sich seit
längerer Zeit sehnte. Donna kratzte leicht über Miriams
Innenschenkel, massierte kurz ihren Kitzlers und küsste
Miriams Knie. Sie legte ihre Beine weiter auseinander
und schloss genüsslich die Augen. „Keine Panik. Wir
beide genießen unsere gemeinsame Zeit. Ich hab es nicht
eilig." flüsterte die große Blondine und lächelte selig,

während sie weiter die Beine der Brünetten streichelte. Langsam glitt ihre Hand auf Miriams Bauch hoch und runter, ohne dabei die besonders pikanten Stellen zu berühren. Miriam war aufgeregt und zur selben Zeit ausgeglichen und entspannt. „So habe ich es noch nie erlebt." murmelte sie überrascht und hörte Donnas Kichern. „Ich kann mit Stolz sagen, dass du nicht die Erste bist, die das zu mir sagt. Ich bin die Sex-Drag-Göttin." lachte der Transvestit fröhlich, die Hand glitt an Miriams Rücken und öffnete den BH. Die Träger streiften über die Arme der jungen Frau und zeigten ihre wohlgeformten, hellhäutigen Brüste. Donna seufzte begeistert und beugte sich vor, um vorsichtig Miriams Nippel in den Mund zu nehmen und kurz daran zu ziehen. „Du hast einen wundervollen Körper, Zuckerpuppe. Das hier wird ein großer Spaß." prophezeite Donna mit strahlendem Blick. Sie warf Miriam auf den Bauch und setzte sich auf sie, um sie zu massieren. Genüsslich schnurrte sie wie eine Katze, während die großen Hände der Blondine sanft über ihren Rücken strichen. Miriam wurde schwindelig. Sie wusste nicht, wie ihr geschah und wie sie reagieren sollte. „Genieß das einfach." flüsterte Donna in ihr Ohr, als hätte sie ihre Gedanken gelesen. Einige Minuten lag Miriam schlapp auf dem Sofa und dachte an nichts. Sie sah an sich herunter und betrachtete den großen, gebräunten Mann mit kurzen blonden Haaren in Frauendessous, wie er sanft an ihrem Oberkörper herunter strich und sein Kopf zwischen ihren Beinen versank. Kichernd spürte sie die spitze Zunge an ihrem Kitzler, die es spielerisch umgarnte. Die Zunge wanderte auf und ab, auf und ab. Sie streckte genüsslich ihre Beine und genoss das warme Gefühl, das sich unter ihrem Bauchnabel ausbreitete. „Gefällt dir das, Kleines?" flüsterte Donna euphorisiert und streichelte mit ihrem Zeigefinger Miriams Schamlippen. „Fickst du mich jetzt?" fragte Miriam kleinlaut und sah mit großen Augen an sich herunter. Donnas verruchter Blick traf ihren, daraufhin biss der Transvestit ihr vorsichtig in die linke Schamlippe. Miriam kicherte. „Du stehst auf härtere Sachen. Du gefällst mir." schnurrte der blonde Transvestit, kroch zu Miriam hinauf und küsste sie innig.

Sie griff nach ihr, krallte sich in Donnas Schultern fest. „Nennst du dich immer Donna? Auch ohne Perücke?" fragte sie vorsichtig und schluckte. „Natürlich, Puppe. Ich liebe es meine Opfer zu verwirren. Und ein Mann mit Frauenname verwirrt euch alle." lächelte Donna, schob Miriams Beine weiter auseinander und schob ihren Schwanz zwischen Miriams Beine, kurz und dick, und führte ihn langsam in ihre feuchte Muschi ein. Gespannt biss sie sich auf die Unterlippe, legte ihren Kopf zurück. „Wow. Dein Tempel freut sich auf Besuch." kicherte Donna stöhnend und stieß weiter vor. Miriam war erregt und überrascht zugleich. So einen Sex würde sie vielleicht nie wieder haben. Welches Mädchen konnte auch schon behaupten, dass sie mit einem Transvestiten Sex hatte?

Donna stützte sich mit einer Hand neben Miriams Schulter ab und stieß gezielt und intensiv zu. Miriam schmolz dahin, stöhnte und bäumte ihren Oberkörper auf. Amüsiert knabberte der Transvestit an ihren Nippeln, die sich Donna entgegen streckten und strich über Miriams Bauch. Gierig setzte sie sich auf und drückte ihre Zunge in Donnas Mund, ließ ihr Becken kreisen und genoss den dicken Schwanz in sich. Ein wenig Schweiß kühlte ihre Körper. Donna stöhnte genüsslich, schloss die Augen und behielt einen gleichmäßigen Rhythmus bei. Fasziniert beobachtete Miriam sie, stöhnte laut auf und spürte ihre Beine vor Lust zittern. Donna gab ihr das Gefühl hübsch und heiß zu sein und Donna selbst war ein seltener, ausgewöhnlicher Mensch, den man nicht oft traf. Sie hatte so ein Glück. „Dieser Sex ist genial. Du bist so wunderbar." seufzte sie erregt und krallte sich in das Bettlaken fest. Donna kicherte leise und küsste ihren Hals, packte ihre Hüfte und drehte sie beide um. Mit großen Augen sah Miriam sie an. „Jetzt bist du dran, Zuckerpuppe." lachte der Transvestit und streckte sich genüsslich. Grinsend saß die Brünette auf ihr und begann sich langsam vor und zurück zu bewegen. „Reite mich, Stute." befahl die maskuline Blondine und schloss konzentriert die Augen. Miriam beschleunigte ihre Bewegungen, beugte sich etwas nach vorne und spürte ihren Kitzler erregt vibrieren. Ihre Fotze triefte vor Begeisterung und verlangte flehend nach mehr. Langsam und intensiv bewegte sich ihr Becken vor und zurück, frech kniff sie Donna in den Nippel und lächelte sie herausfordernd an. Donna sah in Miriams Augen die Lust blitzen. Ein Blick, den sie bei dem schüchternen Mädchen vom Dorfe noch nie gesehen hatte. „Endlich." flüsterte Donna und biss sich lustvoll auf die Zunge. Sie hatte die Kleine geknackt. Vorsichtig kratzte sie über Miriams Rücken und klapste ihr auf den Bauch. Lachend nahm sie ihre Hand und biss Miriam in den Arm. Diese richtete sich auf und ritt schneller. Miriam krallte sich während ihres Orgasmus in Donnas Brust fest, stöhnte, biss sich auf die Lippe, bis sie Blut schmeckte und genoss die Explosion in ihrer Muschi und das warme Gefühl, das sich in ihrem gesamten Körper ergoss. „Das – ist – so – geil." kreischte die Brünette stockend, ihr Körper versteifte sich. Donna packte Miriam wieder an den Hüften, warf sie herum und spreizte ihre Beine, um tiefer in sie einzudringen. „Jetzt mach ich dich fertig." lachte Donna und beschleunigte ihren Rhythmus. Miriam sah Sterne und fühlte eine große Erschöpfung über sich kommen. Donna streichelte ihre Brüste und vögelte sie

unentwegt weiter. „Besorg ich es dir richtig,
Zuckerpuppe?" keuchte die Blondine mit dem Schwanz,
beugte ihren Kopf zu Miriam hinunter und küsste ihre
Lippen. „Du bist so gut zu mir." flüsterte sie und
umarmte Donna, um sie näher an sich heran zu ziehen.
Die Blondine stieß langsamer vor und sah Miriam in die
Augen. Lächelnd bäumte sie sich erneut auf, rammte den
Schwanz schneller in Miriam und kam laut stöhnend in
ihr.
Schwer atmend sah Miriam Donna an.
„Außergewöhnlich.", murmelte sie und die Blondine sah
sie fragend an. „Ich hatte gerade mit einer Person Sex
und trotzdem war es Frau UND Mann."

Pokerspiel

Sabine Bäcker war für ihre penible Organisation und
Disziplin bekannt. Seit Ende ihrer Lehre 1983 vermittelte
sie Wohnungen in Berlin-Spandau. Auch wenn sie nicht
jede Wohnung vermietete oder verkaufte, war sie in der
Firma ihres strengen Vaters hoch angesehen. Denn sie

versuchte Menschen, die in ihren Miethäusern einzogen, zu beobachten und analysieren, um diejenigen auszufiltern, die Schaden und Ärger anrichten könnten. Viele Mietnomaden und Zahlungsunfähige hatten sich in Berlin eingeschlichen, Zuwanderer ohne existenziellen Grund und sogenannte Punks mit schrillen Haarfrisuren. Frau Bäcker wollte einen angenehmen, unauffälligen Eindruck hinterlassen in der Immobilienwelt. „Anstand, Ordnung und ein annehmliches Aussehen", vermittelte sie stets von ihren Wohnung und erwartete sie von ihren Kunden.

Heute erwartete sie kein spektakulär Termin: Eine angehende Studentin suchte eine einsame Bleibe in der großen Metropole Berlin, um in einem kleinen, ruhigen Kämmerlein ihrer Strebsamkeit nachgehen zu können. Genauso mochte es Frau Bäcker. Nun lag es nur noch an ihr heraus zu finden, ob diese Schmeicheleien der Wahrheit entsprachen.

Das gehörte zu ihren Aufgaben in diesem Pokerspiel. Jeder betrog und versuchte zu feilschen, das waren Frau

Bäckers Spezialitäten. Ebenso gehörte es zu ihren Künsten, diejenigen heraus zu filtern, die schlechte Karten auf der Hand hatten. „Und ein junges Mädchen, das sich für ihr Studium von Mama und Papa durchfüttern lässt, ist ein gefundenes Fressen für mich." murmelte die Frau im lavendelfarbenen Damenkostüm vor sich hin. Sie stand im Aufzug, auf dem Weg in den fünften Stock und betrachtete ihre streng zurück gestreckte Frisur im milchigen Glas des Spiegels an der Fahrstuhlwand. Das fahrige Licht ließ ihr dunkles Augen Make-Up hervorstechen und verzog ihre erstarrte Mimik zu einer unansehnlichen Fratze. Angewidert wandte sie sich ab und verfluchte diese Grotte, in die sie die Kundin getrieben hatte. Seufzend strich sie ihren knielangen Rock glatt und schritt mit erhobenem Kinn aus dem Aufzug und schloss die zweite Tür von rechts auf. Glucksend stand sie in einem winzigen Flur, der rechts in eine kleine Küche und ein renoviertes Zimmer führte und links in ein dunkles Bad mit Dusche und WC. Schadenfroh sah sie sich um und sah auf ihre goldene Armbanduhr. In fünf Minuten würde die Kundin auftauchen, sollte sie zu der pünktlichen Sorte gehören, was Frau Bäcker bei einer angehenden Studentin als fragwürdig befand. Solches Fehlverhalten hatte es in ihrer Ausbildung nicht gegeben und sie war froh, dass sie alleinstehend und kinderlos war, damit sie sich nicht mit solchen plumpen Scherereien abgeben musste.

Mit verschränkten Armen stand sie vor der Fensterreihe in dem Wohn- und Schlafzimmer und blickte über die flachen Dächer Berlins. Es war ein sonniger Oktobertag, angenehm warm und kraftvoll. Frau Bäckers Gesichtszüge wurden sanfter. Nach diesem Termin würde sie zurück in ihr Appartement fahren und endlich diese engen Pumps ausziehen, um sich auf die Liege auf ihrer Terrasse zu legen und Goethes 'Faust' zu Ende zu lesen. Ihr Leben war angenehm.

Es klopfte energisch an der Tür. Die Immobilienmaklerin zuckte zusammen, ihre Mimik erstarrte, ihre Augen stierten erschrocken zur Wohnungstür. Prüfend warf sie einen Blick auf ihre Armbanduhr. „1 Minute zu früh, das ist auf jeden Fall schon ein Pluspunkt." dachte sie, stöckelte zur Tür und öffnete sie. Vor ihr stand eine junge Frau mit brünetten Haaren, schüchternem Blick und erschreckend schön. Frau Bäcker schluckte verschüchtert und hielt ihrer Kundin die Tür auf. „Sie sind Miriam Decker?" begrüßte sie die Frau höflich, streckte ihr die Hand entgegen und vernahm den unterwürfigen Geruch von Jasmin und Mango. „Richtig. Ich hatte schon Angst, dass ich die Wohnung nicht finden würde. Ich kenne mich noch nicht so gut in Berlin aus." piepste die Frau nervös und strich eine Strähne hinter ihr Ohr. Frau Bäcker schluckte verlegen. „Da bin ich ja froh, dass Sie mich gefunden haben. Es geht hier um eine kleine 1-Zimmer-Wohnung für Ihre Studienzeit, richtig?" fragte sie und starrte weiterhin auf die hellblauen Augen ihrer Klientin, die selbst im halbdunkeln dieser tristen Wohnung leuchteten. Die junge Frau nickte und ließ ihren Blick verstohlen umherschweifen. „Verzeihen Sie mir dieses aufdringliche Vorurteil, aber sind Sie gar nicht an das Leben zusammen mit einigen ihrer Mitkommilitonen interessiert?" fragte Frau Bäcker interessiert, trat beiseite und führte sie in das Zimmer mit der großzügigen Fensterreihe. Frau Decker schüttelte den Kopf. „Glauben Sie mir, das habe ich bereits ausprobiert. Ich bin lieber für mich allein. Eine Wohngemeinschaft macht nur Ärger und schränkt mich zu sehr ein." Antwortete die brünette Frau und sah lächelnd aus dem Fenster. „Ich hoffe, Sie nehmen es mir nicht übel, dass ich Ihnen in ihrer Preislage keine geräumigere Wohnung anbieten kann?" Eine höfliche Floskel, die Frau Bäcker gerne verwandte. Doch dieses Mal schwang ehrliches Bedauern in ihrer Stimme einher und sie konnte sich nicht erklären, was der Grund dafür war. „Ich finde es wunderschön, Frau Bäcker. Es ist ehrlich gesagt genau das, was ich mir vorgestellt habe." schmunzelte die brünette junge Frau. Die Maklerin sah sie skeptisch an, wartete auf ein sarkastisches Lachen oder weiteren Kommentar, der ihre Lüge entlarvte, doch nichts dergleichen rührte sich in dem Gesicht der jungen, attraktiven Frau. Sie sagte die Wahrheit, was die Immobilienmaklerin noch mehr verwirrte. „Dann kann ich dieses Objekt als vermietet betrachten?" fragte sie leise und schüttelte den Kopf über die naive Begeisterung ihrer Kundin. Im selben Moment musste sie sich eingestehen, dass sie etwas neidisch auf ihre Sichtweise war.

Ein letzter Stoß

„Du musst dir eingestehen, dass wir beide perfekt zusammen aussehen." schmeichelte Maik und zog an seiner Zigarette, während er und Jaqueline gemeinsam in der Küche Pizza aßen. „Du bist eine heiße Blondine mit unglaublichen Kurven und ich bin ein trainierter Kerl, von dem viele Frauen träumen." Jaqueline verdrehte bei so viel Selbstliebe die Augen. „Das ist natürlich nicht überheblich." piepste sie zynisch und biss ein Stück Salami ab. „Ich bitte dich. Du weißt, dass sich viele Leute nach uns umdrehen. Erst recht, wenn wir gemeinsam unterwegs sind. Wir sind ein Traum. Warum sollte das nicht funktionieren?" meinte Maik und verschlang den Rand seines Pizzastückes, spülte es mit einem Schluck Bier herunter. „Was ist mit Miriam?"

fragte die Blondine in weißen Top und roten Hotpants.

„Was meinst du?" fragte Maik irritiert und sah sie an.

„Ich bitte dich! Ich weiß, wie du sie immer ansiehst, Maik! Du liebst die Herausforderung. Das Mädchen kam als Küken durch diese Wohnungstür gelaufen und du hast es als Aufgabe gesehen ihr deine offene, versaute Welt zu zeigen. Du hast nichts ausgelassen und Miriam völlig wahnsinnig gemacht. Du spielst Spielchen mit ihr, sowie du es immer tust. Und eine Beziehung würde das verhindern für die Zukunft." erklärte Jaqueline und stocherte in der Tomatensauce in der Pappschachtel herum. „Glaubst du, ich könnte diesen Blödsinn nicht für dich aufgeben?" fragte der muskulöse Mann vor ihr und sah ihr tief in die Augen. Sie lachte verächtlich. „Wenn du es für mich tun würdest, hättest du die letzten Jahre genügend Gelegenheiten dazu gehabt." fauchte sie, schnappte sich das letzte Stück Pizza und lehnte sich wütend zurück. „Schätzchen, du bist in den letzten Jahren zu dem wichtigsten Teil in meinem Leben geworden. Du weißt, dass es sonst nichts in meinem Leben gibt. Wenn du mich darum bittest, gebe ich alles für dich auf." erklärte Maik und betrachtete seine Bierflasche verlegen. Jaqueline sah ihn überrascht an, denn mit dieser Offenbarung hatte sie nicht gerechnet. „So süß ich das auch finde, aber Miriam ist eine zu große Versuchung. Sie ist hübsch, naiv und hat diesen gierigen Blick mit ihren leuchtenden Augen. Du kannst ihr nicht widerstehen und so sehr ich das auch verstehe, es würde mich in einer Beziehung stören." erklärte die Blondine und steckte sich eine Zigarette an. Sie sog den rauch ein und hustete. Das Gespräch machte sie mürbe. „und wenn wir eine Dreierbeziehung ausprobieren?", schlug Maik achselzuckend vor. „Du brauchst auch immer wieder etwas Neues und Miriam kann man noch viel beibringen." Jaqueline dachte laut nach. In diesem Moment wurde die Wohnungstür aufgeschlossen, Miriam huschte ohne ein Wort und mit mehreren Tüten an ihnen vorbei. Jaqueline und Maik sahen sich fragend an. „Ich glaube nicht, dass es gut für sie wäre." flüsterte die Blondine traurig und drückte genervt ihre Zigarette aus. „Es wird Zeit mit diesem Scheiß aufzuhören." murrte sie und schmiss ihre Zigarettenschachtel auf den Tisch.

„Jacky, jetzt sei nicht so launisch. Wir finden eine Lösung." beschwichtigte Maik und leerte seine Bierflasche. „Wir müssen uns etwas einfallen lassen. Ich kann mir nicht vorstellen, dass das funktioniert." sagte Jaqueline ehrlich. Wieder hörten sie eine Tür und schauten neugierig auf. Sie hörten Miriams Schritte auf sich zukommen. Als sie in der Tür auftauchte, stockte ihnen der Atem. Miriams welliges Haar lag über ihren nackten Schultern. Sie trug einen roten BH mit schwarzer Spitze, dazu eine rote Panty mit schwarzen Rüschen und schwarzen Strumpfband, das die schwarzen Strümpfe oben hielt, die sie in hohen schwarzen Pups trug. Ihr Blick war streng, in ihrer linken Hand ließ sie eine lange dünne Peitsche klatschen. „Was ist mit dir passiert, Puppe?" fragte Maik mit offenstehendem Mund. „Ich bin genervt.", antwortete Miriam knapp. „Ihr meint, mit mir Spielchen spielen zu können. Ihr schubst mich herum, wie es euch gefällt und glaubt ihr könnt mit dem naiven Dummchen machen, was ihr wollt. Aber jetzt ist es mal umgekehrt. Ich werde euch zeigen, was ich drauf habe und das ich auch anders kann." Jaqueline und Maik sahen sich lächelnd an. „Und warum sollten wir dir gehorchen?" schmunzelte die tätowierte Blondine und erhob sich. „Weil ihr beide das Spiel liebt, das Risiko. Sex macht euch zu viel Spaß. Ihr könntet die Herausforderung nie aufgeben und ihr seid neugierig. Schließlich habe ich viel von euch gelernt und jetzt zeige ich euch in meiner großen Abschlussprüfung, was ich alles aus meinem Wissen gemacht habe." lachte Miriam und starrte ihre beiden Freunde herausfordernd an. Maik klatschte vor Begeisterung in seine Hände und sah Jaqueline flehend an. „Lass es uns probieren." flüsterte er lächelnd. Jaqueline schluckte, sah erneut zu ihrer Mitbewohnerin. Seufzend gestand sie sich ein, dass Miriam gut aussah und ein Kribbeln in ihr auslöste. „Wärst du nicht so heiß, dürftest du dir nicht solche Späßchen erlauben.", knurrte die Blondine und stellte sich vor Miriam. „Wir gehen in mein Zimmer, weil ich das größere Bett habe."

„Das ist das einzige Zugeständnis, das ich dir mache." lächelte Miriam selbstbewusst und ließ ihre Freunde an sich vorbeigehen. Süffisant lächelnd folgte sie den beiden und freute sich über Jaquelines und Maiks Offenheit. „Auf das Bett." befahl sie und zeigte mit der Spitze der Peitsche auf das Kopfende des rot bezogenen Bettes. Jaqueline sah sie entrüstet an, während Maik gut gelaunt auf das Bett sprang und sich nach oben vor robbte. „Ist das euer Ernst?" fragte Jaqueline genervt und Miriam schwang die Peitsche, die kurz in der Luft knallte. Alle erschreckten und Jaqueline fügte sich wortlos. Miriam ging zu Jaquelines Musikanlage, legte eine CD ein und begann, sich langsam zu den rhythmischen Klängen zu bewegen. Sie schwang ihre Hüften von links nach rechts, strich sich über den Oberkörper und die Arme und sah ihre Freunde herausfordernd an. Sie stellte sich vor das Bett, schwang weiter ihre Hüften, beugte sich von einer Seite zur anderen, drehte sich lasziv und warf Handküsse. Kichernd löste sie das Strumpfband und ließ es zu Boden gleiten, bevor sie es mit einem Fuß zur Seite warf. Maik blieb die Spucke weg und auch Jaqueline war sichtlich überrascht über Miriams Selbstbewusstsein. Gespannt sah sie bei dem Striptease zu und fühlte ihre Fotze feucht werden. Aus dem Augenwinkel sah sie, wie Maik sich über die Lippen leckte vor Lust und fragte sich, wie das enden würde.

„Ihr wollt eine große Show? Ich zeige euch, was eine große Show ist!" versprach Miriam und hüpfte auf das Bett. Herausfordernd stierte sie die beiden an, krabbelte langsam auf die Blondine zu und drückte provokant ihren Mund auf Jaquelines Lippen. Vorsichtig drückte sie ihre Mitbewohnerin unter sich und hockte sich über sie, streichelte Jaquelines Arme und fühlte die entstehende Gänsehaut. Kichernd leckte Miriam über ihre Lippen und verspürte einen Klaps auf ihren Po. Erschrocken schrie sie auf und sah Maik wütend an. „Du bist ein böser Junge." quiekte sie erbost und warf sich auf ihn. Erwartungsvoll leckte er sich die Lippen und war überrascht, über die Handschellen, die Miriam hinter dem Bett hervor holte und um sein Handgelenk schloss, um ihn am Bett zu fesseln. „Böse Jungs wollen bestraft werden, richtig?" lächelte Miriam verschwörerisch und sah zu der begeisterten Jaqueline herüber. „Was hältst du davon, wenn wir ihn ein bisschen quälen?" fragte Miriam mit einem Aufblitzen in ihren Augen. „Was genau meinst du damit?" fragte die Blondine vorsichtig. Miriam zuckte die Schultern, krabbelte auf Jaqueline zu und zog ihr Top aus, das ihre kleinen wohlgeformten Brüste verhüllte. Sanft massierte Miriam die linke Brust mit ihrer rechten Hand, biss sich aufgegeilt auf die Unterlippe. Wieder bekam Jaqueline eine Gänsehaut, leckte sich über die Lippen und zog Miriam näher an sich heran. „Was habt ihr beiden vor?" fragte Maik neidisch und zappelte herum. „Du bist still! Du bleibst in deiner Ecke und sitzt die Strafe aus, Maik!" befahl Miriam mit erhobenem Finger. Sie wandte sich erneut den gebräunten Brüsten zu, leckte spielerisch über die Nippel und erfreute sich über Jaquelines Zittern. Vorsichtig ließ Miriam ihre Hand in den Schritt ihrer Freundin gleiten und rieb ohne Druck an der kurzen Hose herum. Sie spürte das Zittern unter sich. Jaqueline packte der Brünetten an die Schulter, krallte sich leicht fest und gab ihr mit somit zu verstehen, dass sie mehr wollte. Viel mehr.

Kichernd knabberte Miriam an Jaquelines Brüsten und rieb schneller. Dominant drückte sie Jaqueline unter sich, streichelte um ihren Bauchnabel herum, knabberte weiter an den Nippeln und küsste Jaquelines Hals. „Du wirst heute verwöhnt. Ich will ja nicht, dass hier jemand auf der Strecke bleibt." versprach Miriam, öffnete die Hose und zog Jaqueline komplett aus. Vorsichtig spreizte sie die weichen, gebräunten Beine und legte ihren Kopf dazwischen. Sie roch die rasierte Muschi, spürte das aufgeregte Zittern und lächelte über den feuchten Spalt. Ein einziges Mal leckte sie über den prallen Kitzler und führte sofort zwei Finger in Jaqueline ein. Diese stöhnte überrascht auf, wurde noch feuchter und krallte sich vor Lust in der roten Bettdecke fest. „Ich wusste, dass dir das gefällt." murmelte Miriam und leckte erneut über den Kitzler. Sie hätte nicht geglaubt, dass ihr dieses Spiel so viel Freude machen würde. Endlich war sie in der Position die Überhand übernehmen zu können. Ihre Finger glitten rein und raus. Rein und raus. Rein und raus. Sie nahm einen dritten Finger, ließ ihn mit hinein gleiten und genoss Jaquelines lustvolles Stöhnen, denn es war Balsam für ihr Ego. „Willst du mehr?" fragte sie ruhig und lächelte über das bettelnde Nicken. Ihre andere Hand wanderte den Oberkörper hinauf und knetete

Jaquelines Brüste. Die Blondine war eine so wunderschöne Frau: das Gesicht, die gebräunte Figur und die tätowierten Blumen auf dem gesamten Körper.

Ihre Finger bewegten sich schneller, dieses Mal leckte sie permanent an dem Kitzler, kreiste mit ihrer Zungenspritze herum, leckte den Schleim von ihren Fingern. Er schmeckte leicht säuerlich und roch nach ihrer Freundin. Miriam erhob sich, legte sich auf Jaqueline und rieb mit ihrem Oberschenkel an der Fotze, verrieb den Schleim überall hin. Genüsslich steckte sie ihre Zunge in Jaquelines Mund. Sie bissen sich sanft auf die Lippen, stöhnten und küssten sich innig. Jaqueline legte ihre Arme um Miriams Oberkörper und streichelte ihren Rücken. Die Brünette bemerkten, wie ihr BH auf ging und ihre Freundin ihn von ihrem Oberkörper zog, um langsam Miriams Brüste zu massieren. Sie wurde geil, legte sich auf das Bett, klatschte Jaqueline auf den runden Arsch, fasste ihr kurz zwischen die Beine und drückte sie fest an sich. Ein kurzes genervtes Stöhnen von Maik ließ sie kurz kichern, beirrte sie jedoch nicht. Keuchend küsste sie Jaquelines Hals, ließ ihre Hand in ihren Schritt wandern und berührte sich selbst. Jaqueline begann ihr zu helfen, beide rissen ihre Panty von ihrem Arsch, ließen sie auf halber Höhe hängen und steckten voller Lust mehrere Finger in Miriams feuchte Fotze. Sie stöhnte bei dem zuerst schmerzhaften Druck, entspannte sich sofort und genoss den leichten Druck in sich. „Das ist scharf." stöhnte sie und Jaqueline küsste nebenbei ihre Brüste, leckte an ihren steifen Nippeln und ließ ihre Finger schneller gleiten. Miriam spürte einen immer größer werdenden Druck in sich, zog ihre Finger aus sich heraus, krallte sich in der Bettdecke fest, während Jaqueline weiter in ihr herumspielte und sie zum Höhepunkt brachte. Miriams gesamter Körper kribbelte und laut stöhnend genoss sie zwei Orgasmen. Erregt klopfte sie auf das Bett, die Blondine ließ von ihr und leckte ihre Finger ab. Schwer atmend sahen die beiden Frauen sich an und lachten. „Könnt ihr mich jetzt endlich losmachen?" bettelte Maik in die Stille hinein und zappelte auf dem Bett herum. Jaqueline und Miriam kicherten zufrieden, sahen sich an und krabbelten langsam auf Maik zu, der sie aufgeregt ansah. „Willst du mit uns spielen?" fragte Miriam neckisch und strich ihre nackten Brüste durch sein Gesicht. Maik packte sie mit seiner freien Hand und massierte sie angetan. Jaqueline hockte sich auf Maiks andere Seite und fuhr unter sein Tanktop und streichelte seinen trainierten Bauch. Miriam legte ihre Stirn auf seine und sah ihm tief in die Augen. Sie genoss diesen Moment, fing hysterisch zu lachen an und schlug ihm mit der flachen Hand auf den Oberschenkel. Erschrocken und schmerzverzerrt weiteten sich die Augen des Mannes. Die Brünette öffnete geschickt seine Hose und riss sie ihm von den Beinen, lachte über die bunten Boxershorts, die sie darunter fand und riss auch diese von Maik. Genussvoll krallten sich ihre Hände in seinen Sixpack, während sie sich über ihn hockte, mit ihrem Arsch kaum merklich über seinen langen Schwanz. „Er erinnert mich etwas an eine Wiener Würstchen." , kicherte sie, ließ Jaqueline gefühlvoll darüber streichen. „Lang, knackig und alle wollen ihn." Maik lächelte sie stolz an und schon spürte sie seinen Schwanz unter sich steif werden. Miriam sah zu Jaqueline herüber und wusste, dass dies ein Spaß werden würde. Sie schwang ihr rechtes Bein nach oben und setzte sich neben Maik. „Ich mach dich jetzt wieder los. Ich denke, du wirst artig sein.", mutmaßte sie, zückte einen kleinen Schlüssel aus ihrer Panty und öffnete die Handschellen. „Und wer artig ist, wird belohnt."

„Den Schlüssel möchte ich das nächst Mal gerne selbst suchen." lächelte Maik schelmisch und sah Miriam herausfordernd an. Sie wurde kurz nachdenklich, schüttelte den Kopf und zog ihm sein Tanktop aus.

Laut lachend war Jaqueline sich hinter Miriam auf Maik und platzierte seinen prachtvollen Penis in ihrer Scheide. Miriam beobachtete sie gespannt beim Reiten und hockte sich stolz mit ihrer feuchte n Fotze über Maiks Gesicht. Sie genoss seine spitze Zunge an ihren Schamlippen und in ihrem Loch. Miriam wurde immer feuchter, sah Jaqueline intensiv auf Maik reiten, zittern und laut stöhnen. Nach kurzer Zeit wurde sein langsam und atmete schwer. Lächelnd kroch Miriam über Maik hinweg, küsste die erschöpfte Blondine, stieß sie von dem Mann unter sich zur Seite und setzte sich mit dem

Blick zum Fußende des Bettes auf den langen, dünnen Schwanz, der steif empor reckte und bewegte sich auf und ab. Im Rhythmus stieß die Spitze in ihr immer wieder an, aufgegeilt riss die Brünette ihren Kopf nach hinten und schrie begeistert. Sie hörte Jaqueline noch immer schwer atmen und Maik hinter sich stöhnen. „Du bist so gut, Süße. Du machst es mir so richtig gut." keuchte er und zuckte mit seinen Beinen. „Halt dein Maul und lass mich dich ficken." knurrte Miriam und konzentrierte sich auf das starke Kribbeln in ihrer Muschi. Vor Lust dachte sie zu explodieren, hielt abrupt inne und drehte sich um, steckte Maiks Penis wieder in sich hinein. Genüsslich ritt sie langsam auf ihm los, fuhr durch ihre Haare und leckte sich die Lippen. Provokant sah sie in die Augen des trainierten Mannes unter sich und kniff ihm lachend in die Lippen. Kurz quiekte er, genoss das Reiten, räkelte sich, bis Miriam ihr Tempo erhöhte und sich über seine geilen Qualen freute. Plötzlich packte er sie an den Hüften, riss sie herum, schlug ihr auf den kleinen Arsch und rammelte sie. Entspannt lag Miriam auf dem Rücken, ließ sich von dem dünnen Schwanz ausstechen und sah zu ihrer blonden Freundin herüber, die begeistert neben ihr hockte. Jaqueline beugte sich zu Miriam herunter, leckte an ihren steifen Brustwarzen und arbeitete sich bis zu ihren schmalen, weichen Lippen hinauf. Die beiden Frauen küssten sich, die Blondine streichelte und knetete Miriams gut riechende Brüste und ließ sich von ihr streicheln. „Das ist so heiß." flüsterte sie in das Ohr der Brünette und schmeckte den Schweiß an ihrem Hals. Dadurch wurde Miriam noch feuchter, kratzte über Maiks Rücken und drückte ihre Zunge an Jaquelines Mund. So innig wurde sie noch nie geküsst und so heiß wurde sie auch noch nie gefickt. Maik stieß immer wieder zu, Miriam spürte einen verzögerten Orgasmus, stöhnte an Jaquelines Lippen vorbei und spürte Maiks abschließendes Zucken. Keuchend fiel er auf sie drauf, während sie weiterhin Jaqueline küsste. Ihre linke Hand massierte die wohl geformte Brust und ihre rechte streichelte Maiks Rücken. Erschöpft legte die Blondine sich neben sie, kuschelte sich an sie heran und gemeinsam schliefen sie ein.

Als Miriam erwachte, spürte sie das Sperma aus sich herauslaufen. Sie schmiss Maik von sich herunter und legte Jaquelines Kopf vorsichtig neben sich auf das Kopfkissen. Gut gelaunt sprang sie aus dem Bett, suchte ihre Dessous zusammen und lachte über ihre Freunde im Halbschlaf. „Ich geh jetzt erst einmal duschen.", kündigte sie an. „Und morgen werde ich anfangen meine Sachen zu packen. Ich habe entschieden hier auszuziehen. Ich denke, ihr braucht ein Reich für euch." verdattert sah Jaqueline sie an. Miriam verließ ihr Zimmer und sprang kichernd unter die heiße Dusche.

Sunny Boy

Miriam wollte nichts von weiteren Diskussionen wissen und war gegangen. Der Sex war geil, genauso der Höhepunkt zum Abschluss. Sie kicherte glücklich wie ein kleines Kind.

In der Nacht hatte sie schleunigst ihre wenigen Klamotten in die Pappkartons geworfen, die noch in ihrem Zimmer herumstanden und nicht weiter auf Jaqueline geachtet. Ihre Freundin war sauer und verstand nicht, warum Miriam ausziehen wollte. Zwischen ihnen lief es gut. Maik hatte eine Dreierbeziehung vorgeschlagen und die Brünette hatte dankend abgelehnt. Natürlich wäre diese Art einer Beziehung aufregend gewesen. „Aber ihr beide gehört zusammen und eine dritte feste Person würde da nur stören." erklärte sie sich vor den beiden und warf ihre Tops in einen halbvollen Karton. Ihre blonde Freundin war sauer und saß rauchend in der Küche. Maik wollte sie beruhigen, wurde jedoch nur von ihr aus der Wohnung geworfen.

Am Morgen hievte Miriam ihr wenigen Kartons allein in das Taxi, drückte Jaqueline einen Kuss auf die Wange und flüsterte: „Du bist die geilste Frau, die ich in meinem Leben kennen lernen durfte. Ich will den Kontakt zu dir nicht abbrechen, denn dank dir bin ich so frei wie noch nie. Aber so heiß du auch aussiehst, wenn du wütend bist, rede wieder mit mir." Jaqueline drehte sich zu ihr um, sah Miriam tief in die Augen, zog sie nah zu sich heran und drückte ihre Lippen auf Miriams, spielte mit ihrer Zunge und drückte ihre Freundin wieder von sich weg. Lächelnd verließ Miriam die Wohnung, schaute sich während der Taxifahrt Berlin an und stand plötzlich vor ihrer neuen, kleinen Wohnung, die kahl und lautlos war. Seufzend trat sie die Tür mit ihrem Fuß auf und stellte den Karton im Flur ab.

Seufzend stand sie in der Wohnung, sah aus dem Fenster und freute sich über die Sonnenstrahlen, die in diesem Moment über die Dächer von Berlin krochen. Freiheit.

„Kann ich behilflich sein?" fragte eine tiefe Stimme. Erschrocken fuhr Miriam herum und stockte. Vor ihr stand ein blonder Mann in ihrem Alter, muskulös, gebräunt und mit strahlend weißen Zähnen. Seine Haare hingen ihm wüst ins Gesicht, verdeckten die leuchtend grünen Augen jedoch nicht.

„Ich könnte etwas Hilfe gebrauchen. Danke." stotterte die brünette Frau, stand starr in ihrem neuen Flur. Der junge Mann packte die drei Kartons aus dem Hausflur zu

Miriam und streckte ihr seine rechte Hand entgegen.
„Entschuldige, ich bin Miriam. Ich ziehe hier ein wie du
siehst. Ich will in Berlin studieren." begrüßte Miriam ihn
und leckte sich über die Lippen.

„Ich bin Steve. Ich mache ein Auslandssemester in
Berlin. Eigentlich komme ich aus California. Ich freue
mich, dich kennen zu lernen." sprach der trainierte Mann
in gebrochenem Deutsch. „Und wie ich mich freue dich
kennen zu lernen." dachte Miriam und lächelte ihn
verführerisch an.

FSC
www.fsc.org
MIX
Papier aus ver-
antwortungsvollen
Quellen
Paper from
responsible sources
FSC® C105338

Herstellung und Verlag:
BoD - Books on Demand, Norderstedt
ISBN 978-3-7347-4532-4